Momentos Mágicos
MAGIC MOMENTS

Momentos Mágicos
MAGIC MOMENTS

OLGA LOYA

with Spanish translations by Carmen Lizardi-Rivera

August House Publishers, Inc.
LITTLE ROCK

Published 1997 by August House, Inc.,
P.O. Box 3223, Little Rock, Arkansas, 72203,
501-372-5450.

Printed in the United States of America

10 9 8 7 6 5 4 3 2 1

LIBRARY OF CONGRESS CATALOGING-IN-PUBLICATION DATA

Loya, Olga.
Momentos mágicos = Magic moments / Olga Loya ;
with Spanish translations by Carmen Lizardi-Rivera.
p.   cm.
Includes bibliographical references.
In English and Spanish.
ISBN 0-87483-497-X
1. Tales—Latin America.   I. Title.
GR114.L69   1997
398.2'098—dc21   97-38582

Executive editor: Liz Parkhurst
Editorial assistant: Jan Diemer
Cover design: Alchemy Studios

AUGUST HOUSE, INC.   PUBLISHERS   LITTLE ROCK

To my grandchildren,
Jimmy and Nikki Becker,
for their strength and support

Acknowledgments

I owe the greatest debt to three people who would have been thrilled by this book: to my grandmother Loya for speaking to me in Spanish and telling me stories; to my father for his wonderful energy with people and stories; and to my mother for her strong creative energy.

I'd like to thank Margaret Read MacDonald for directing me to Ted Parkhurst and August House Publishers to start with; my editor, Liz Parkhurst, for her willingness to listen to me and for such a fine job of editing; and Carmen Lizardi-Rivera, for her wonderful Spanish translations and her understanding of the rhythms of the stories as well as the language.

The women in my storytelling retreat group have kept me sane and helped me with many a story over the years—Nancy Schimmel, Harlynne Geisler, Sandra MacLees, Barbara Budge Griffin, Angela Lloyd, Lee Ellen Marvin, and Kathleen Zundell. I especially would like to acknowledge all the people who have been so generous in sharing their stories with me.

Finally, but most importantly, I want to thank my daughter, Maya Azul Collins, for being such a good listener and critic and for her patience with me—most of the time!

Contents

Introduction   11
Introducción   13

Scary Stories / Cuentos de miedo
The Flying Skeleton (The Chol People)   19
El esqueleto volador (cuento del pueblo chol)   24

La Llorona, The Wailing Woman (Mexico)   29
La llorona (leyenda de México)   33

La Madrina Muerte, Godmother Death (Mexico)   37
La madrina Muerte (cuento folklórico de México)   43

The Rooster's Claw (Colombia)   49
La pata de gallo (cuento folklórico de Colombia)   56

Tricksters / Cuentos de astucia
The Monkey and the Crocodile (Chiapas, Mexico)   65
El mono y el cocodrilo (cuento folklórico de Chiapas,
    México)   68

Opossum and Coyote (Mexico)   71
La zarigüeya y el coyote (cuento folklórico de México)   77

The Alligator and the Dog (Cuba)   83
El perro y el caimán (cuento folklórico de Cuba)   87

Uncle Rabbit and Uncle Tiger (Nicaragua)   91
El tío Conejo y el tío Tigre (cuento folklórico de Nicaragua)   95

Strong Women / Mujeres fuertes
Blanca Flor (Mexico)   101
Blanca Flor (cuento de hadas de México)   109

Tía Miseria (Puerto Rico)   117
La tía Miseria (cuento folklórico de Puerto Rico)   123

The Virgin of Guadalupe (Mexico)   128
La Virgen de Guadalupe (leyenda de México)   134

Celina and El Sombrerón (Mexico and Guatemala)   140
Celina y el Sombrerón (cuento folklórico de México y
    Guatemala)   145

Myths / Mitos
The Hungry Goddess (The Aztec People)   153
La diosa hambrienta (mito azteca)   157

When the World Was Dark (The Aztec People)   161
Cuando el mundo estaba en tinieblas (mito azteca)   165

How People Came to Be (The Mayan People of Guatemala)   169
De cómo se creó la gente (cuento del pueblo maya de
    Guatemala)   176

Story Notes   *183*

Introduction

LONG BEFORE I became a professional storyteller, I was a professional listener. I have always loved stories. My paternal grandmother, Grandma Loya, was a very good storyteller. She was a tiny, fragile woman with high cheekbones, deep-set eyes, and thick eyebrows. She pulled her hair back in a bun. She wore dark, long dresses with buttons in the front and shoes that tied in the front with little heels. I would go to see her as often as I could because I was madly in love with her and her stories. She would sit with me and tell me stories about going to the *mercado* and visiting with her friends. Sometimes she told me folktales—not very often but once in a while she did. Mostly I liked to hear the stories about her life.

My father was also a very good storyteller. His stories always started out to be five minutes long but grew to fifteen to thirty minutes depending on his "additions." I loved to listen to him talk. He was a handsome, thin, fast-moving, fast talking man who loved people—and people loved him in return.

So I come by my storytelling naturally.

In the early years of my adult life I was very busy making a living. I worked as a teacher, carpenter, bartender, and solar technician. I taught for four years in the public school system, then co-founded and taught in an alternative school for five years. Even when I wasn't teaching full-time, I often substituted. I told stories and always did improvisation in the classroom. All the time I did these things, I moved away from my *cultura*. I moved closer to the "white world."

I stopped teaching in 1975. Five years later, I discovered storytelling, and it was like a thunderbolt to my heart. I knew I had to pursue the art of storytelling. At first I told stories from books from many different cultures and then I discovered the stories from Latin America. A little at a time all the stories of my childhood started coming back to me. They brought me back to the beauty of my family, my ancestors. They brought me back to the beauty of the place where I grew up—East Los Angeles. They brought me back to my culture, my roots. Stories are and were that powerful for me. Soon I started remembering my family stories, and that just added another dimension to my evolution as a storyteller.

The stories in this collection are my favorites. As I have told them through the years, they have changed and grown (just like my father's stories). I am constantly discovering new ways to tell them. Some of these stories I tell quietly, others with much energy. Yet others I tell as participation stories. Of course, you will tell the stories in your own style.

Many of the stories come from Mexico because that is where my family roots are. I have also added stories from other Latin American countries because I often tell where many different Latin American cultures are represented in the audience. I like to be able to tell those listeners stories from their lands too. It is important to remember that although many Latinos speak Spanish, there are many cultures among us. We are different in the words we use, the food we eat, the dances we dance. We are the same and we are different—just like the rest of the world!

I hope you enjoy the stories—and the variants I have listed in my source notes—and that you will go on to share them with other people.

Introducción

MUCHO ANTES de hacerme cuentacuentos profesional, ya era yo una profesional escuchándolos. Siempre me han gustado los cuentos. Mi abuela paterna, la abuela Loya, era una tremenda cuentacuentos. Era una mujer pequeñita y frágil, de pómulos altos, ojos profundos y cejas gruesas. Se recogía el pelo en un moño. Se ponía trajes oscuros y largos con botones al frente y zapatos de tacón bajo que se amarraban al frente. Yo iba a verla siempre que podía porque estaba locamente enamorada de ella y de sus cuentos. Ella se sentaba y me contaba historias de cuando iba al mercado y de cuando visitaba a sus amigas. A veces me contaba cuentos folklóricos—no muy a menudo, pero de vez en cuando sí. Lo que más me gustaba escuchar eran las historias de su vida.

Mi padre era también un tremendo cuentacuentos. Sus cuentos siempre empezaban como cuentos de cinco minutos, pero se extendían hasta quince o treinta minutos, dependiendo de sus "añadiduras". Me encantaba oírlo hablar. Era un hombre guapo, delgado, que se movía y hablaba rápido y que amaba a la gente—y la gente lo amaba a cambio.

Así que lo de contar cuentos se me hace muy natural.

En los primeros años de mi vida adulta, estuve muy ocupada tratando de ganarme el sustento. Trabajé de maestra, carpintera, cantinera y técnica de aparatos que funcionan con energía solar. Enseñé por cuatro años en el sistema de escuelas públicas, entonces co-fundé y enseñé en una escuela alternivo por cinco años. Aunque no estuviera enseñando a jornada completa, trabajaba a menudo como maestra sustituta. Contaba cuentos y siempre hacía improvisaciones en el salón de clases. Mientras hice todas estas cosas, me alejé de mi cultura. Me acerqué al mundo de los blancos.

Dejé de enseñar en el 1975. Cinco años más tarde, descubrí lo de contar cuentos y fue como un flechazo fulminante en mi corazón. Supe que tenía que seguir con el arte de contar cuentos. Al principio conté cuentos de libros de varias culturas y luego descubrí los cuentos de Latinoamérica. Poquito a poquito empecé a recordar los cuentos de mi niñez. Estos me llevaron de regreso a la belleza de mi familia, de mis antepasados. Me llevaron de regreso a la belleza del sitio donde me crié—el este de Los Angeles. Me llevaron de regreso a mi cultura, mis raíces. Los cuentos son y fueron así de poderosos para mí. Pronto empecé a recordar las historias sobre mi familia, y eso simplemente añadió otra dimensión a mi evolución como cuentacuentos.

Los cuentos de esta colección son mis favoritos. A medida que los he ido contando a través de los años, han cambiado y crecido (al igual que los cuentos de mi papá). Constantemente estoy descubriendo nuevas maneras de contarlos. Algunos de estos cuentos los cuento sosegadamente, otros con mucha energía. Otros los cuento con la participación del público. Claro que ustedes contarán los cuentos a su propio estilo.

Muchos de los cuentos vienen de México porque ahí es donde están las raíces de mi familia. También he añadido cuentos de otros países latinoamericanos porque a menudo cuento cuentos a públicos en los que hay representadas diferentes culturas latinoamericanas. Me gusta poder contarles a esos oyentes cuentos de sus tierras también. Es importante recordar que aunque muchos latinos hablan español, hay muchas culturas entre nosotros. Somos diferentes en las palabras que usamos, la comida que comemos, los bailes que bailamos. Somos iguales y somos diferentes—¡al igual que el resto del mundo!

Espero que disfruten de estos cuentos—y las variantes que he mencionado en las notas sobre mis fuentes—y espero que se vayan a compartirlos con otras personas.

Cuentos de Miedo
SCARY STORIES

The Flying Skeleton

A Story from the Chol People

In 1990 I was invited by a priest to visit the mission he ran in a small village called Yajalone in Chiapas, Mexico. He sent me to various neighborhoods to tell stories. At first I only told stories to the children, but the parents insisted, "We like stories too!" So I started telling stories to the adults also.

It was some time before I gained enough trust for anyone to tell me stories. Language was an obstacle; many of the people were of the Chol or Tzeltal tribe and didn't speak Spanish.

One day the priest at the mission sent me up in the mountains to a village called Tila, where I told stories. After my performance, an old man told me a story in his native Chol language. My translator, Pancho, translated from Chol to Spanish. So this story come to you from Chol to Spanish to English—and then back to Spanish!

Once there were three little boys with lived with their uncle José, because their parents had died. Pedro, the eldest, was twelve, José was eleven, and Juanito was ten. The boys were glad to have a place to live together.

There was something odd about their uncle, though. Instead of sleeping at night and being awake during the day, he slept all day and stayed awake all night. He would get up in the afternoon, do his chores, and then make dinner. After dinner, he would get his enormous white hat and a small broom and put them by the door. Then he would sit with the boys for a while and visit with them before putting them to bed. As he tucked them in, he would say in a gruff, commanding voice, "Stay in your bed, don't come out of your room! Obey me!"

The boys surely did obey him. José and Juanito, the younger two, never questioned anything. As long as they had a bed and something to eat, they were happy. Pedro, however, wondered about everything! *Why does my uncle sleep all day?* he would think. *Why does he tell us we can't go out of our room? Where does he go every night?* Sometimes he would awaken and hear the door creak open and close, and he would know his uncle was going out.

One night Pedro woke up and heard voices laughing and talking in the kitchen. He wondered who it was. He wanted to get up and peek in the kitchen, but he remembered what his uncle had said: "Stay in your bed, don't come out of your room! Obey me!"

Pedro did obey—that is, at first. But the next night, when he heard the same sounds again, he could not resist. He had to go see who was in the kitchen. He got up very quietly so his brothers wouldn't hear him and tiptoed to the kitchen. He looked through a crack in the kitchen door and he saw skeletons. Some sat at the kitchen table eating and drinking while others talked and danced. They all wore hats—small hats, big hats, white hats, black hats. One of the skeletons had a big white hat on just like the one that belonged to his uncle. They spoke in a language Pedro could not understand.

Pedro tiptoed back to bed and lay awake thinking about what he had seen. He could not believe he had really seen skeletons. Finally he went to sleep. In the morning when he woke up he thought to himself, *What a terrible nightmare.* He did not say anything to his brothers because he knew they would not believe him.

That night he again woke up and heard the sounds of laughter coming from the kitchen. He tiptoed to the kitchen and he again saw the skeletons dancing around the room.

Pedro was very frightened and wanted to tell someone what he had seen. So he went back to the bedroom and woke up his brothers. "I'm afraid," he whispered. "There are skeletons in the kitchen!"

"Oh, Pedro, what a liar you are!" said José.

"Go back to sleep!" pled Juanito.

"No, it is the truth. Come and see," said Pedro.

So the three brothers tiptoed to the kitchen. There they saw skeletons dancing and singing. They saw the skeleton with the big white hat just like their uncle's. They went back to their room and talked in whispers about what to do. They didn't want to say anything to anyone in the village; who would believe three young boys? After much talking, they decided they would follow their uncle to see where he went at night.

One night as he slipped away with his hat and broom, the boys followed him in the shadows. Hiding behind a tree as their uncle stood in front of a big rock, they watched as he began to dance and spin around. Then he stopped! He lifted his arms and began to chant, "Go away from me, my flesh! Go away from me!"

To the boys' amazement, the flesh began to unravel from his body until there was only a skeleton left. The flesh lay in a pile in front of him. Again he began to twirl and twirl; when he stopped, he had beautiful wings. The wings were very big and so thin that one could see through them. They were iridescent with many beautiful colors. Their uncle flew away, making sounds like bones breaking.

"Ay, chihuahua," the boys cried out. They could not believe their eyes. They decided to wait until their uncle came back to the rock to see what he would do next.

At dawn the uncle returned. He stood in front of his flesh and called out, "Come back to me, my flesh! Come back to me!" The flesh rose from the ground and wound around his body, and there stood their uncle again. He picked up his broom and swept the ground where the flesh had been until there was no sign of what had happened. While he was sweeping, the boys tiptoed away as fast as they could.

For the next several nights the boys could not sleep because they would hear the noises. They knew it was the skeletons and their uncle. The boys were very afraid of their uncle and wanted to stop him. During the sleepless nights they began to develop a plan.

On the fifth night the brothers followed their uncle again, carrying a bag with them. They hid behind the same tree and watched their uncle twirl around the rock, chanting, "Go away from me, my flesh! Go away from me!" Again his flesh fell away from him and into a pile at his feet. He twirled again, and when he stopped he had his beautiful wings. Then he flew away, making sounds like bones breaking.

As soon as the uncle had disappeared, the boys tiptoed up to the pile of flesh and opened their bag. First, José poured salt over the flesh. Then Juanito poured lemon juice on the flesh. Finally Pedro poured chili powder on the flesh. The flesh sizzled and bubbled. The boys hid behind the tree and waited.

At dawn their uncle flew down in front of the flesh. "Come back to me, my flesh!" he chanted. "Come back to me!"

But nothing happened.

He chanted again, "Come back to me, my flesh! Come back to me!"

But nothing happened.

"Come back this moment!" he shouted.

Leaning down, he saw the salt, the lemon juice, and the chili powder. He knew he would never be able to use that flesh again. With a scream he flew away, making sounds like bones breaking.

The boys went home. They did well enough living on their own because the village people helped them. But sometimes in the dark of the night, the people of the village can hear the sound of bones cracking above them, and some say the uncle is still looking for his flesh. Others say that the sound of breaking bones means that someone is going to die.

El esqueleto volador

Cuento del pueblo chol

En el 1990 fui invitada por un sacerdote a visitar la misión que él dirigía en un pueblito llamado Yajalone en Chiapas, México. Me envió a varias vecindades a contar cuentos. Al principio, sólo les contaba cuentos a los niños, pero los padres insistieron: "¡A nosotros también nos gustan los cuentos!" Así que empecé a contarles cuentos a los adultos también.

Pasó cierto tiempo antes de que me tuvieran la confianza suficiente como para contarme cuentos. El idioma era un obstáculo; mucha de la gente era de la tribu chol o tzeltal y no hablaban español.

Un día el sacerdote de la misión me mandó a las montañas a un pueblo llamado Tila, en el que conté cuentos. Después de mi presentación, un anciano me contó un cuento en chol, su lengua nativa. Mi traductor, Pancho, tradujo del chol al español. Así que este cuento llega hasta ustedes desde el chol al español hasta el inglés—¡y otra vez al español!

Había una vez tres niñitos que vivían con su tío José porque sus padres habían muerto. Pedro, el mayor, tenía doce años; José tenía once y Juanito tenía diez. Los niños estaban felices de tener un lugar donde vivir juntos.

Sin embargo, había algo raro en el tío. En vez de dormir de noche y estar despierto durante el día, dormía todo el día y se quedaba despierto toda la noche. Se levantaba por la tarde, hacía sus quehaceres y entonces preparaba la cena. Después de la cena, tomaba su enorme sombrero blanco y una pequeña escoba y los ponía cerca de la puerta. Entonces se sentaba con los niños por un rato y platicaba con ellos antes de acostarlos. Mientras los arropaba, les decía con una voz áspera y autoritaria: "¡Quédense en la cama, no salgan del cuarto! ¡Obedézcanme!"

Los niños sí que le obedecían. José y Juanito, los dos menores, nunca cuestionaban nada. Mientras tuvieran una cama y algo que comer, estaban contentos. Pedro, sin embargo, ¡se preguntaba muchas cosas! *¿Por qué mi tío duerme todo el día?* pensaba. *¿Por qué nos dice que no podemos salir de nuestro cuarto? ¿Adónde va todas las noches?* A veces se despertaba y oía la puerta crujir al abrir y cerrarse, y así sabía que su tío estaba saliendo.

Una noche Pedro se despertó y oyó voces que se reían y platicaban en la cocina. Se preguntó quién sería. Quería levantarse y asomarse a la cocina, pero se acordó de lo que había dicho su tío: "¡Quédense en la cama, no salgan del cuarto! ¡Obedézcanme!"

Pedro sí obedeció—es decir, al principio. Pero la noche siguiente, cuando oyó los mismos ruidos otra vez, no pudo resistir. Tenía que ir a ver quién estaba en la cocina. Se levantó muy quietecito para que sus hermanos no lo oyeran y se fue en puntillas hasta la cocina. Miró a través de una ranura que había en la puerta de la cocina y vio esqueletos. Algunos estaban sentados en la cocina, comiendo y bebiendo mientras otros platicaban y bailaban. Todos llevaban sombrero—sombreros pequeños, sombreros grandes, sombreros blancos, sombreros negros. Uno de los esqueletos tenía puesto un gran sombrero blanco, igualito al que pertenecía a su tío. Hablaban en una lengua que Pedro no podía entender.

Pedro volvió en puntillas a la cama y se quedó despierto pensando en lo que había visto. No podía creer que en verdad hubiera visto esqueletos. Finalmente se durmió. Por la mañana cuando se despertó, pensó para sí: *Qué terrible pesadilla*. No les dijo nada a sus hermanos porque sabía que no le creerían.

Esa noche se despertó otra vez y oyó el sonido de la risa que venía de la cocina. Se fue en puntillas hasta la cocina y otra vez vio a los esqueletos bailando por el salón.

Pedro tenía mucho miedo y quería decirle a alguien lo que había visto. Así que regresó al cuarto y despertó a sus hermanos. "Tengo miedo", susurró. "¡Hay esqueletos en la cocina!"

"Ay, Pedro, ¡qué mentiroso que eres!" dijo José.

"Vuélvete a dormir!" suplicó Juanito.

"No, es la verdad. Vengan y vean", dijo Pedro.

Así que los tres hermanos fueron en puntillas hasta la cocina. Allí vieron esqueletos bailando y cantando. Vieron al esqueleto del gran sombrero blanco igualito al de su tío. Volvieron al cuarto y hablaron en susurros sobre lo que harían. No querían decirle nada a nadie en el pueblo; ¿quién les creería a tres niñitos? Después de mucho hablar, decidieron que seguirían al tío para ver adónde iba por las noches.

Una noche, cuando se escurría con su sombrero y escoba, los niños lo siguieron en las sombras. Se escondieron detrás de un árbol mientras el tío estaba parado ante una gran peña y observaron cómo empezó a bailar y a dar vueltas. ¡Entonces se detuvo! Levantó los brazos y empezó a cantar: "¡Aléjate de mí, carne mía! ¡Aléjate de mí!"

Para sorpresa de los niños, la carne empezó a desprendérsele del cuerpo hasta que sólo quedó un esqueleto. La carne quedó hecha un montoncito frente a él. De nuevo empezó a girar y girar; cuando paró, tenía hermosas alas. Las alas eran muy grandes y tan finitas que se podía ver a través de ellas. Eran tornasoladas y de muchos hermosos colores. El tío se alejó volando, haciendo un sonido como si se estuvieran quebrando huesos.

"Ay, chihuahua", gritaron los niños. No podía creer lo que veían. Decidieron esperar hasta que el tío regresara a la peña para ver qué sería lo próximo que haría.

Por la madrugada regresó el tío. Se paró frente a su carne y ordenó: "¡Vuelve a mí, carne mía! ¡Regresa a mí!" La carne se levantó del suelo y se le enrolló alrededor del cuerpo, y ahí ya tenían de nuevo a su tío. Agarró su escoba y barrió el suelo donde había estado la carne hasta que no hubo señal alguna de lo que había pasado. Mientras él barría, los niños se alejaron en puntillas, lo más rápido que pudieron.

En las noches siguientes, los niños no podían dormir porque oían los ruidos. Sabían que eran los esqueletos y su tío. Los niños tenían mucho miedo de su tío y querían detenerlo. Durante sus noches en vela, empezaron a desarrollar un plan.

En la quinta noche, los hermanos siguieron al tío otra vez; llevaban una bolsa con ellos. Se escondieron detrás del mismo árbol y vieron al tío girar alrededor de la peña. Se detuvo y exclamó: "¡Aléjate de mí, carne mía! ¡Aléjate de mí!" Una vez más la carne se le cayó y se le amontonó a los pies. Giró de nuevo y cuando paró, tenía ya sus hermosas alas. Entonces se alejó volando, haciendo un sonido como si se estuvieran quebrando huesos.

Tan pronto como desapareció el tío, los niños se acercaron en puntillas hasta la pila de carne y abrieron la bolsa. Primero, José le echó sal a la carne. Entonces Juanito derramó jugo de limón en la carne. Finalmente, Pedro espolvoreó chile en la carne. La carne burbujeó y chisporroteó. Los niños se escondieron detrás del árbol y esperaron.

Por la madrugada el tío descendió volando hasta llegar frente a su carne. "¡Vuelve a mí, carne mía!" cantó. "¡Vuelve a mí!"

Pero nada sucedió.

Cantó otra vez: "¡Vuelve a mí, carne mía! ¡Vuelve a mí!"

Pero nada sucedió.

"¡Vuelve ahora mismo!" gritó.

Agachándose, vio la sal, el jugo de limón y el polvo de chile. Supo que nunca podría usar esa carne de nuevo. Con un grito salió volando, haciendo un sonido como si se estuvieran quebrando huesos.

Los niños volvieron a casa. Se remediaron bastante bien porque la gente del pueblo los ayudó. Pero a veces en la oscuridad de la noche, la gente del pueblo oye el sonido de huesos que se quiebran allá en lo alto, y algunos dicen que es el tío que todavía anda buscando su carne. Otros dicen que el sonido de huesos que se quiebran significa que alguien va a morir.

La Llorona,
The Wailing Woman

A Legend from Mexico

This legend is used as cautionary story. It is used to keep wandering men in their place and to keep children at home. I have heard stories of people afraid to go to the beach, rivers, creeks—anywhere there is running water.

Variants of the legend of La Llorona are found in the cultures of Germany, the Philippines, Wales, the Pacific Northwest, and ancient Greece (the legend of Medea), as well as throughout Latin America. I have traveled throughout Mexico and the United States and have heard it told many different ways. This is the way I heard it told when I was small.

Once there was a beautiful Indian woman named Luisa. Luisa had long black straight hair. She had brown eyes and red lips. She was kind and graceful. She interested all the men, but only one man interested her—a young Spanish man named Don Carlos.

Don Carlos was handsome. He was tall and thin. He had black hair and white teeth and a thin mustache. He came to visit her often and they fell very much in love. In time they had three children and were very happy, but they did not marry. Don Carlos's family insisted that he marry someone from his own class—a young Spanish woman.

One day he came to Luisa and said, "I will not return."

Luisa said, "But why are you not returning?"

"Because my family says I have to marry a young Spanish woman."

"No, you can't do that! You are my love! You are my heart!"

"I have to do it!" said Don Carlos. He walked out of Luisa's house, leaving her there to cry from a broken heart.

On the day of the wedding, Luisa snuck into the back of the church with their three children.

The priest asked, "Is there any reason why this marriage should not happen?"

Luisa stood up and said, "Yes, I am his first love and these children are our children!"

The young Spanish woman fell to the floor in a faint. The parents began to cry, and all the people gathered began to whisper. Don Carlos stared at Luisa. He stood rigidly with his mouth open, in shock at what had happened. Luisa and her children walked out among the whispers.

After that day, none of the young Spanish women wanted to marry Don Carlos. They did not want to be embarrassed in the church as their friend had been. Don Carlos's parents were very angry with him for having been involved with Luisa. They would say to him: "How could you embarrass us like that? What were you thinking—going with a woman from a lower class? You never think of anyone but yourself—what about the family?"

The words of his family made Don Carlos feel very sad. Soon his sadness turned to anger. He got angrier and angrier until he was in a rage. He wanted revenge against Luisa for ruining his plans.

One night he went to Luisa's house and began pounding on her door. "Open the door!" he screamed. "I am going to take the children with me!"

"You can't do that," Luisa called out. "The children are mine!"

"Open the door right now!" he shouted.

"Go away, I cannot talk to you now. Come back tomorrow."

Don Carlos banged on the door a while longer and finally he left.

While he was gone, she thought, *He wants the children. But he does not want me.* She felt madness sweeping over her. Maybe it was because he had left her. Maybe it was because he was going to take the children. He could do it because he was Spanish, she was Indian.

In her madness, she put the youngest child on her back. She picked up the middle child and took the oldest by the hand, then ran to the nearby river. She threw the children into the river and then jumped in after them.

The next morning, Don Carlos returned to Luisa's house and banged on the door. When no one answered, he went to the back of the house by the river. He called, but got no response. He called again. Then, to his amazement, he saw a figure floating over the water, dressed in white with long black hair. As he wondered whether his eyes were playing tricks on him, the figure cried out, "Oh, where are my children?"

They say that Luisa turned into La Llorona, the Wailing Woman, and that she is doomed to go along the rivers and small streams—anywhere where there is water—calling out, "Oh, where are my children?"

Some say that La Llorona appears at night. Her long black hair lies in contrast upon her long flowing white dress. She appears to people who are out late at night. Sometimes the people see her and say, "Oh, how pretty! We're going to follow her." Sometimes the people are never seen again.

Some say that when La Llorona turns, she has the face of a horse, or that she has the face of a skull. Sometimes she has no face at all. Her white dress lightly touches the earth, but her feet do not touch the ground as she walks. Her nails are long and shiny like knives. Sometimes only her wailing voice can be heard in the dark, dark night, calling out, "Oh, where are my children?" She is always looking for her children.

That is the story I heard when I was little. When my family would warn me—"Don't go outside or the Wailing Woman is going to take you"—I didn't even think of going out in the dark.

How I loved to listen to the grown-ups talk! When I was little I learned that if I was very quiet, the adults would forget about me and start talking among themselves.

Once I was sitting as quietly as I could. I wasn't even moving a finger! My aunts, and my mother started talking about La Llorona. One aunt said she had heard that if La Llorona couldn't find her children, she would take others—los traviesos, the mischievous ones. I remember thinking I was in big, big trouble because I was so mischievous that all my family called me "la traviesa."

At night, whenever the wind blew, I knew La Llorona was looking for me. The next morning I was always surprised and grateful to wake up in my own bed. She never did find me!

Glossary

• *los traviesos:* the mischievous ones (*la traviesa:* the mischievous girl)

La llorona

Leyenda de México

Esta leyenda se usa como advertencia. Se usa para mantener a los hombres callejeros en su sitio y a los niños en su casa. He oído historias de gente a quien le da miedo ir a la playa, a los ríos, a los arroyuelos—adondequiera que haya corrientes de agua.

Se encuentran variantes de la leyenda de la llorona en las culturas de Alemania, las Filipinas, Gales, el noroeste del Pacífico, la antigua Grecia (la leyenda de Medea), así como también a través de Latinoamérica. He viajado por México y los Estados Unidos y he oído que la cuentan de muchas maneras diferentes. A continuación aparece como la oí de pequeñita.

Una vez había una hermosa india llamada Luisa. Luisa tenía el pelo largo negro lacio. Tenía ojos café y labios rojos. Era bondadosa y tenía gracia. Todos los hombres estaban interesados en ella, pero a ella sólo un hombre le interesaba—un joven español llamado don Carlos.

Don Carlos era guapo. Era alto y delgado. Tenía el pelo negro y los dientes blancos y un bigote fino. La visitaba a menudo y se enamoraron profundamente. Con el tiempo tuvieron tres hijos y eran muy felices, pero no se casaron. La familia de don Carlos insistía en que él se casara con alguien de su propia clase—con una joven española.

Un día él fue adonde estaba Luisa y le dijo: "No voy a regresar".

Luisa dijo: "Pero, ¿por qué no vas a volver?"

"Porque mi familia dice que tengo que casarme con una joven española".

"¡No, no puedes hacer eso! ¡Tú eres mi amor! ¡Tú eres mi corazón!"

"¡Tengo que hacerlo!" dijo don Carlos. Salió de la casa de Luisa y la dejó llorando con el corazón destrozado.

El día de la boda, Luisa se escurrió por la parte de atrás de la iglesia con sus tres hijos.

El cura preguntó: "¿Hay algo en contra de este matrimonio?"

Luisa se paró y dijo: "¡Sí, yo soy el primer amor de Carlos y estos niños son nuestros hijos!"

La joven española calló en el suelo desmayada. Los padres empezaron a llorar y toda la gente allí reunida empezó a murmurar. Don Carlos miró fijamente a Luisa. Permaneció de pie, rígido, con la boca abierta, en señal de espanto por lo que había pasado. Luisa y sus hijos salieron caminando entre los murmullos.

Después de ese día, ninguna de las jóvenes españolas quiso casarse con don Carlos. No querían pasar una vergüenza en la iglesia, como le había sucedido a su amiga. Los padres de don Carlos estaban muy enojados con él por haberse ligado con Luisa. Le decían: "¿Cómo pudiste avergonzarnos así? ¿En qué estabas pensando—salir con una mujer de clase baja? Nunca piensas en nadie sino en ti—¿y la familia qué?"

Las palabras de su familia entristecieron mucho a don Carlos. Pronto su tristeza se tornó en enojo. Se puso más y más furioso hasta llegar a la rabia. Quería vengarse de Luisa por haber estropeado sus planes.

Una noche fue a la casa de Luisa y empezó a golpear en la puerta. "¡Abre la puerta!" gritó. "¡Me voy a llevar a los niños!"

"No puedes hacer eso", exclamó Luisa. "¡Los niños son míos!"

"¡Abre la puerta ahora mismo!" gritó él.

"Vete, no puedo hablar contigo ahora. Vuelve mañana".

Don Carlos dio golpes en la puerta por un rato más y finalmente se fue.

Cuando él se fue, ella pensó: *Quiere a los niños. Pero no me quiere a mí.* Sintió que una locura se apoderaba de ella. Quizá era porque él la había abandonado. Quizá era porque él iba a llevarse a los niños. El podía hacerlo porque era español; ella era india.

En su locura, se puso al niño menor en la espalda. Tomó en brazos al del medio y se llevó al mayor de la mano; entonces se fue al río que le quedaba cerca. Tiró a los niños en el río y luego se lanzó ella.

A la mañana siguiente, don Carlos regresó a la casa de Luisa y dio golpes en la puerta. Cuando nadie contestó, se fue por la parte de atrás de la casa, que daba al río. Llamó pero no recibió contestación. Llamó otra vez. Entonces, para su sorpresa, vio un cuerpo flotando en el agua, vestido de blanco y con el pelo negro y largo. Mientras se preguntaba si la vista lo engañaba, el cuerpo gritó: "Ay, ¿dónde están mis hijos?"

Dicen que Luisa se convirtió en la llorona y que está condenada a cruzar ríos y arroyos—dondequiera que haya agua—clamando: "Ay, ¿dónde están mis hijos?"

Algunos dicen que la llorona se aparece de noche. Su largo y negro pelo hace contraste con su largo vestido blanco que parece flotar. Se le aparece a la gente que anda afuera tarde en la noche. A veces la gente la ve y dice: "¡Ay, qué linda! Vamos a seguirla". A veces a esa gente no se le vuelve a ver nunca más.

Algunos dicen que cuando la llorona se da vuelta, tiene la cara de un caballo o que tiene una calavera por cara. A veces no tiene rostro. Su vestido blanco roza ligeramente por la tierra, pero sus pies no tocan el suelo al caminar. Tiene las uñas largas y brillosas como cuchillos. A veces sólo se oye su voz sollozante en la oscura noche oscura, clamando: "Ay, ¿dónde están mis hijos?" Siempre anda buscando a sus hijos.

Ese es el cuento que escuché de pequeña. Cuando mi familia me advertía—"No salgas o te lleva la llorona"—a mí ni se me ocurría salir en la oscuridad.

¡Qué mucho me encantaba escuchar hablar a la gente grande! Cuando era pequeña aprendí que si me quedaba calladita, los adultos se olvidaban de mí y empezaban a hablar entre ellos mismos.

Una vez me senté lo más calladita que pude. ¡Ni siquiera moví un dedo! Mis tías y mi mamá empezaron a hablar de la llorona. Una tía dijo que había oído que si ésta no podía encontrar a sus hijos, se llevaría a otros—los traviesos. Recuerdo que pensé que estaba en un grave, grave problema porque yo era tan diablita que toda mi familia me llamaba "la traviesa".

Por la noche, siempre que soplaba el viento, yo sabía que la llorona andaba buscándome. A la mañana siguiente siempre me sorprendía y me sentía agradecida de despertar en mi propia cama. ¡De verdad que nunca me encontró!

La Madrina Muerte, Godmother Death

A Folktale from Mexico

In 1977, my four-year-old daughter Maya and I went to live in a tiny Mexican village called Puerto Escondido, Oaxaca. We lived in one big concrete room. From our windows we could look out to the ocean. Next to us lived the owner—Kata, the matriarch—and her daughter, two sons and daughters-in-law, and six grandchildren. They accepted us into the rhythm of their days. I began line fishing—using a small board with line wrapped around it to catch fish—with the men, and in the afternoons I would sit and embroider with the women.

It was during one of those embroidering afternoons that I first heard this story. Lala, Kata's daughter, told it with great gusto, taking on the voices of the different characters. I love this story because La Madrina Muerte is so relentless.

Once in a little village in Mexico there lived a couple named Joaquín and María. They were very happy because, after they had tried for many years to have children, a son had been born to them.

One day Joaquín said to María. "Because our son is so special, I am going to look for a godfather or godmother for our son."

So he set off on his search. As he was leaving he said, "María, I am not coming back until I bring the perfect person for our son."

Joaquín walked along, searching for the perfect godparent. After he had walked a long distance, he saw a woman coming toward him. She stopped in front of him. She was very tall and thin, almost like a skeleton. She leaned close to him and whispered, "I am Death. I hear you are a very good man and that you have just had a son. I have always wanted a godchild. I want to be the godmother of your son."

Maybe I should wait for someone else, Joaquín thought to himself. *After all, she is La Muerte—Death. What if she hurts my family or my son? But what if I say no and she gets mad at me?*

I do not want her to be angry. Besides, she would treat us well, he reasoned. *She says she has wanted a godson for a long time. Surely my son will be a wonderful godson!*

Finally he said, "Yes. I am saying yes to you because you treat us equally. You take the rich and the poor, you take the ugly and the pretty, and you take the old and the young. You may be godmother to my child."

So Joaquín took La Madrina Muerte back to his house. Joaquín and María held a bountiful feast, and at the baptism they named their son José.

As José grew up, La Madrina Muerte, Godmother Death, came often to visit him. One day—José was now a young man—La Madrina Muerte came to Joaquín and María and asked, "May I please take José to the forest?"

They were happy to let José go with his godmother. So La Madrina Muerte led José deep into the forest. In the center of the forest, she showed him a patch of beautiful red flowers. They were the color of blood, and when José looked at the flowers, they seemed to pulse like a beating heart.

La Madrina Muerte said, "With this flower, you will be a very famous healer. I will show you how to use it. But I have a warning: when you are called to heal someone, if you see me standing at the foot of the bed, that person is mine! Do you understand?"

"Oh, yes, Madrina," said José.

"You must always remove the petals carefully from the stem, like this," she said, bending over the flower so as not to uproot it. "You must also always leave a few of the petals on the stem so that the flower can replenish itself."

She then took the petals and rubbed them together until the flowers colored her hands red. Finally she soaked her hands in a container of water. Then she had him rub more petals and soak his hands too. "Your hands have been part of the healing of the water and the petals," she told him. "With this water and your hands, you can heal anyone."

José returned home. Whenever someone in the village became ill, he took the petals from the flowers and did as La Madrina Muerte had shown him. One day, when a neighbor became ill, José took the healing water to the man. As he made his preparations, he saw La Madrina Muerte at the foot of the bed. Remembering her orders, he put everything away and left. As he walked out, she smiled at him. The neighbor died later that night.

In time everyone in all the land spoke of José's great ability. He was known as the *curandero*.

One day a king from a faraway land sent for him. The king was very sick and no one could seem to cure him. As José walked through the palace garden to the king's chamber, he saw the Princess Marisol. She was as beautiful as had been rumored. Her long black hair fell to her waist, and when she turned to him, he saw her beautiful brown eyes and lovely soft skin. He fell instantly in love with her. He did not stop to talk, however, because he knew her father, the king, was dying. He hurried to the king.

When José arrived, the king said, "I am dying. If you can cure me, I will give you my kingdom."

José could not believe his ears. He thought, If I can cure the king, maybe he will also allow his beautiful daughter to marry me. I have always wanted to be a king—and Princess Marisol is so beautiful.

But when he went to the king's bedside, he saw La Madrina Muerte standing at the foot of the bed, arms crossed in front of her chest, staring at him. He looked back at her, thinking, *No one can see her but me. Oh, if I cure the king, my* madrina *is going to be angry with me. But if I don't cure him, I will lose the kingdom. I am her godson,* he reasoned. *She will not do anything to me.*

So José took out the healing petals and cured the king. La Madrina Muerte did not say anything. She stared at him angrily for a long moment. He looked at her and then looked down because he knew she was very angry with him. La Madrina Muerte walked away.

The king kept his promise and gave his kingdom to José. Princess Marisol was overjoyed that her father was well. She began to notice that José was quite handsome. Every day, they met in the garden and talked. They discovered they both loved flowers. Soon they were looking forward to their visits, and soon after that, they realized that they were very much in love. They married and were very happy together. José continued his healing work, and the people were very happy with their king and queen.

One day Princess Marisol woke up very ill and could not get out of bed. Every day she grew weaker until José realized he must use the beautiful red petals to heal her. He gathered the healing water and went to Princess Marisol's bedside. He was busily preparing the water when he looked up and saw La Madrina Muerte. He felt his breath leave him. He remembered that he had disobeyed her before and how angrily she had left.

Oh, what shall I do? José thought. *If I cure my wife, my* madrina *will be very angry with me. If I do not cure her, my love, my wife will die.* He thought back and forth and finally did what he had to do. He cured his beloved wife.

La Madrina Muerte did not say anything. She just turned and left.

A few days later, José was in the garden planting Princess Marisol's favorite flowers to help in her healing. He heard someone walk up behind him and looked up to see La Madrina Muerte. "Stand up and come with me!" she commanded.

José said, "But I cannot come with you right now, Madrina. I am very busy."

She faced him with an unblinking stare that frightened him. "Come with me *now!*" she repeated.

So he followed La Madrina Muerte for a long distance until they came to a cave. The cave was covered with bushes, which La Madrina Muerte pushed away so they could enter. The small opening led into a very large room that was filled with candles—big candles, small candles, tall candles, short candles.

"Each candle is a soul," she explained. "When the flame goes out, the *alma,* soul dies." Then she handed José a tiny candle. "This one is yours."

He looked at it in shock and disbelief. "But Madrina, I am your godson. I am young. I have a wife."

She looked at him sadly and said, "Yes, all this is true. But it is also true that you disobeyed me. One time was enough; two times was too much!"

Then La Madrina Muerte walked out of the cave.

José stood there as though hypnotized, staring at the candle. The candlelight flickered off and on, off and on. Finally the flame went out. The moment it did, José died.

It is said La Madrina Muerte never showed anyone else how to heal with that red, red flower—and she never, ever took another godson.

Glossary

• *curandero:* healer (m.)

• *madrina:* godmother

• *muerte:* death

La madrina Muerte

Cuento folklórico de México

En el 1977 mi hija Maya, de cuatro años, y yo fuimos a vivir a un pueblito mexicano llamado Puerto Escondido, Oaxaca. Vivíamos en una habitación grande de concreto. Desde nuestras ventanas podíamos ver el océano. Al lado nuestro vivía la dueña—Kata, la matriarca—y su hija, dos hijos y las nueras y seis nietos. Nos acogieron dentro del ritmo de sus días. Yo comencé a pescar con los hombres—usando sólo una pequeña tabla con hilo enrollado alrededor para agarrar los peces—y por las tardes, me sentaba y bordaba con las mujeres.

Fue durante una de esas tardes de bordados que oí este cuento por primera vez. Lala, la hija de Kata, lo contó con mucho sabor, imitando la voz de los diferentes personajes. Me encanta este cuento porque la madrina Muerte es tan implacable.

Una vez en un pueblito de México vivía una pareja y se llamaban Joaquín y María. Estaban muy felices porque, después de muchos años de haber intentado tener hijos, les había nacido un niño.

Un día Joaquín le dijo a María: "Como nuestro hijo es tan especial, voy a buscar a un padrino o una madrina para nuestro hijo".

Así que partió en su búsqueda. Mientras se marchaba, dijo: "María, no voy a regresar hasta que traiga a la persona perfecta para nuestro hijo".

Joaquín se encaminó, buscando al padrino perfecto. Después que había caminado un largo trecho, vio a una mujer que se le acercaba. Se paró frente a él. Era muy alta y delgada, casi como un esqueleto. Se inclinó hacia él, muy de cerca, y susurró: "Soy la Muerte. Me han dicho que eres muy buen hombre y que acaba de nacerte un hijo. Yo siempre he querido un ahijado. Quiero ser la madrina de tu hijo".

Quizá debo esperar a conseguir otra persona, pensó Joaquín para sí. *Después de todo, ella es la Muerte. ¿Y qué si lastima a mi familia o a mi hijo? Pero, ¿y si digo que no y se enoja conmigo?*

No quiero que esté enojada. Además, nos trataría bien, razonó él. *Dice que hace tiempo que quiere tener un ahijado. ¡De seguro que mi hijo será un ahijado maravilloso!*

Finalmente dijo: "Sí. Le digo que sí porque Ud. nos trata a todos por igual. Ud. se lleva al rico y al pobre, se lleva al feo y al hermoso, y se lleva al viejo y al joven. Puede Ud. ser la madrina de mi hijo".

Así que Joaquín llevó a la madrina Muerte a su casa. Joaquín y María dieron un gran banquete y bautizaron a su hijo con el nombre de José.

Mientras José crecía, la madrina Muerte iba a visitarlo a menudo. Un día—José era entonces un joven—la madrina Muerte fue adonde estaban Joaquín y María y les preguntó: "¿Podría llevar a José al bosque?"

Estuvieron gustosos de dejar ir a José con su madrina. Así que la madrina Muerte se llevó a José a lo profundo del bosque. En medio del bosque, le mostró un claro de hermosas flores rojas. Eran del color de la sangre y cuando José miró las flores, parecían latir como un corazón palpitante.

La madrina Muerte dijo: "Con esta flor, serás un famoso curandero. Te voy a enseñar a usarla. Pero tengo una advertencia: cuando te llamen a curar a alguien, si me ves parada al pie de la cama, ¡esa persona es mía! ¿Entiendes?"

"Oh, sí, madrina", dijo José.

"Siempre tienes que arrancar los pétalos del tallo con mucho cuidado, así", dijo ella, agachándose sobre la flor para no desarraigarla del suelo. "También siempre tienes que dejar algunos pétalos en el tallo para que la flor pueda echar más pétalos otra vez".

Entonces tomó los pétalos y los frotó unos con otros hasta que las flores le tiñeron las manos de rojo. Finalmente remojó las manos en un recipiente con agua. Entonces le dijo a él que se frotara las manos con más pétalos y que las remojara también. "Tus manos han sido parte de la sanación del agua y de los pétalos", le dijo ella. "Con esta agua y tus manos, puedes curar a cualquiera".

José regresó a casa. Siempre que alguien en el pueblo se enfermaba, llevaba los pétalos de las flores y hacía lo que la madrina Muerte le había enseñado. Un día, cuando un vecino se enfermó, José le llevó el agua curativa al hombre. Al hacer sus preparativos, vio a la madrina Muerte al pie de la cama. Recordando sus órdenes, lo guardó todo y se fue. Al salir él, ella le sonrió. El vecino murió más tarde aquella noche.

Con el tiempo todo el mundo hablaba de la gran habilidad de José. Lo conocían como el curandero.

Un día el rey de una tierra lejana lo mandó a llamar. El rey estaba muy enfermo y parecía que nadie podía curarlo. Cuando José iba de camino a la habitación del rey por el jardín del palacio, vio a la princesa Marisol. Era tan hermosa como se rumoraba. Su largo pelo negro le llegaba a la cintura, y cuando se volvió hacia donde José, éste le vio los hermosos ojos café y la adorable y suave piel. Se enamoró de ella al instante. No se detuvo a hablar, sin embargo, porque sabía que su padre, el rey, se estaba muriendo. Se apresuró hacia donde estaba el rey.

Cuando llegó José, el rey dijo: "Me estoy muriendo. Si logras curarme, te daré mi reino".

José no podía creer lo que oía. Pensó, si logro curar al rey, quizá deje a su hermosa hija casarse conmigo. Siempre he querido ser rey—y la princesa Marisol es tan hermosa.

Pero cuando llegó a la cama del rey, vio a la madrina Muerte parada al pie de la cama, con los brazos cruzados en el pecho, mirándolo fijamente. Le devolvió la mirada, pensando: *Nadie puede verla sino yo. Ay, pero si curo al rey, mi madrina va a estar enojada conmigo. Pero si no lo curo, voy a perder el reino. Soy su ahijado,* razonó él. *Ella no me va a hacer nada.*

Así que José sacó los pétalos curativos y sanó al rey. La madrina Muerte no dijo nada. Lo miró fijamente y con enojo por un largo instante. El la miró y entonces bajó la vista porque sabía que ella estaba muy enojada con él. La madrina Muerte se alejó.

El rey cumplió su promesa y le dio el reino a José. La princesa Marisol se encontraba llena de alegría de que su padre estuviera bien. Empezó a notar que José era bastante guapo. Todos los días, se juntaban en el jardín y platicaban. Descubrieron que a ambos les encantaban las flores. Dentro de poco tiempo empezaron a anticipar con gozo sus reuniones y poco después de eso, se dieron cuenta de que estaban muy enamorados. Se casaron y eran muy felices juntos. José seguía curando y la gente era muy feliz con su rey y su reina.

Un día la princesa Marisol se despertó muy enferma y no pudo salir de la cama. Cada día se debilitaba más, hasta que José se dio cuenta de que tendría que usar sus hermosos pétalos rojos para curarla. Consiguió el agua curativa y fue hasta el lecho de la princesa Marisol. Estaba ocupado preparando el agua cuando levantó la vista y vio a la madrina Muerte. Sintió que se le fue el alma a los pies. Recordó que la había desobedecido antes y cuán enojada se había marchado ésta.

Oh, ¿qué debo hacer? pensó José. *Si curo a mi esposa, mi madrina va a estar muy enojada conmigo. Si no la curo, mi amor, mi esposa morirá.* Pensó una y otra vez y finalmente hizo lo que tenía que hacer. Curó a su amada esposa.

La madrina Muerte no dijo nada. Sólo dio una vuelta y se marchó.

Unos días más tarde, José estaba en el jardín sembrando las flores favoritas de la princesa Marisol para ayudarla a seguir recuperándose. Oyó a alguien acercársele por detrás y al alzar la vista vio a la madrina Muerte. "¡Párate y ven conmigo!" le ordenó.

José dijo: "Pero no puedo ir contigo ahora mismo, madrina. Estoy muy ocupado".

Ella lo encaró sin pestañear, con una mirada que lo asustó. "¡Ven conmigo ahora!" repitió.

Así que él siguió a la madrina Muerte un largo trecho hasta que llegaron a una cueva. La cueva estaba cubierta con arbustos que la madrina Muerte hizo a un lado para poder entrar. La pequeña abertura daba a un salón muy grande que estaba lleno de candelas—candelas grandes, candelas pequeñas, candelas altas, candelas cortas.

"Cada candela es un alma", explicó ella. "Cuando la llama se apaga, el alma muere". Entonces le dio a José una candela pequeñita. "Esta es la tuya".

El miró la candela con espanto e incredulidad. "Pero madrina, soy tu ahijado. Soy joven. Tengo esposa".

Ella lo miró con tristeza y dijo: "Sí, todo eso es cierto. Pero también es cierto que me desobedeciste. Una vez fue suficiente; ¡dos veces fue demasiado!"

Entonces la madrina Muerte salió de la cueva.

José se quedó allí como hipnotizado, mirando la candela. La llama vacilaba prendiendo y apagándose, entre prendida y apagada. Finalmente, la llama se extinguió. En el momento en que se apagó, murió José.

Se dice que la madrina Muerte nunca le enseñó a nadie más a curar con aquella roja flor roja—y nunca, nunca jamás tuvo otro ahijado.

The Rooster's Claw

A Folktale from Colombia

In 1990 I was invited to tell at the Latin American Storytelling Festival. It was the first year of the event, which was held that year in conjunction with a book festival in Guadalajara, Mexico. Storytellers gathered from all over—Mexico, Central and South America, Cuba, and Puerto Rico. I was the representative from the United States. For nine days we told stories at the festival and in different sites around the city.

All the storytellers lodged at the same hotel. I especially enjoyed listening to a man from Colombia named Demetrio Vallejo de Morillo. He was a wonderful dramatic teller. He was very quiet until he started to tell; then he changed completely, becoming very animated. He told a version of this story at the festival. I never forgot it, and a few years ago, as I encountered variants from other cultures, I started telling it myself. I like it because of its drama and humor. It reminds me of the English story "The Monkey's Paw" and the Yiddish tale "It Could Always Be Worse." It is just one more reminder that good stories know no borders.

Once there was a couple named Raúl and Sofía who were very much in love. They spent as much time together as they could. Raúl had a limp, and even though it took him some time to get to the field to work, he always went and worked very hard. Each day at noon Sofía would pack a basket with *zancocho* and carry it to him in the field.

Every day, when Raúl saw Sofía coming over the hill, it was as if the sun shone on her, cloudy though the day might be. He was always glad to see her. She would spread a tablecloth and take out the wonderful food she had prepared for him that day. They would sit and visit while they ate their food. Then she would return home and he would continue his work. At the end of each day, as Raúl made his way home, he would look for something special for Sofía—a rock or a flower to show his appreciation and love.

In time they had a little boy, and not long after that, a little girl. The children only added to their joy. In the evenings, they would sit down at the kitchen table and make things. Raúl was very good with leather and Sofía was a wonderful jeweler.

Every Sunday Raúl and Sofía and their children would walk through the little village. Sofía and Raúl would walk arm-in-arm. Sofía held the little boy's hand and Raúl held the little girl's hand. All the villagers liked to watch them as they strolled around the plaza because the family looked so happy.

On Saturdays Raúl and Sofía would go to the marketplace to sell the vegetables they had grown and the crafts they had made. One Saturday Sofía stayed home with their daughter, who was sick, and Raúl went alone. But that night he did not return. Sofía sent her brothers to look for him. They looked and looked but could not find him. She left their children with her mother so she would go look for him, but she could not find him either.

Sofía was heartbroken. What had happened to her Raúl? Something terrible must have befallen him; he would never have left her intentionally.

At first she was very sad. She cried all the time. Every week she went to the marketplace looking for Raúl, asking everyone she saw if they had seen him. Many people remembered seeing him at the market. Some remembered seeing him leave, but nobody had seen him after he left. After a while she began to stay home more, going out only once a month to look for him. In time she ventured out to look for him only on the anniversary of his disappearance.

Her sadness turned to bitterness. She began to complain and complain. She would complain about everything.

If someone said, "Look at the sun; it is so pretty," she would say, "No, it is not pretty. We need rain!"

If someone else said, "Look at the rain; it is so beautiful," she would respond, "No, it is not beautiful. We need the sun."

No matter what anyone said, she complained!

As soon as her children were old enough, they moved to the city to get away from her complaining. No one ever came to visit her. On those occasions when she went visiting, her host would tiptoe out the back door so as to escape her complaints.

It began to dawn on her that no one wanted to be around her. She realized she had a big problem. She was lonely. However, she could not seem to stop complaining. Many times she resolved to stop, but soon she would start up again!

She thought, *Maybe María, the* curandera, *can help me.*

She knew she had to take something to María in exchange for help. But all she had was a very old chicken. She decided to take the chicken to the *curandera*.

The *curandera* looked at the chicken and said, "This isn't much. This chicken will only get you one thing—the rooster's claw. I'm afraid it is a little dangerous, and not very reliable."

"Oh, show me how to use it," said Sofía. "My life could not get any worse than it is now."

"Well, this is what you do," said the *curandera*. "You take the rooster's claw and with it you draw a circle in the dirt.

Then you put a line through the circle and make a wish. If the wish is going to come true, the line will move."

Sofía took the rooster's claw and left. As Sofía walked away, María called out, "Be careful, it's dangerous!"

Sofía got home and tried to think of a wish that would not be too dangerous. She thought and thought and then she decided. She went outside and made a circle. Then she put a line through it.

I know I should wish for just a little something, she thought. *Fifty pesos is not very much money. Surely it will not cause a problem.*

And speaking aloud, she said, "I want fifty pesos."

The line went across the circle like an undulating snake in the dirt.

The next day Sofía could hardly wait for her wish to come true. She waited all day. But nothing happened.

The following day she waited expectantly. But nothing happened.

"Oh, maybe the *curandera* was right," she said to herself. "Maybe the rooster's claw *is* unreliable."

On the third day she was working in the house when she heard a knock at the door. She answered the door and saw a man standing there. He wouldn't look in her eyes but kept shuffling his feet and mumbling.

Finally she spoke. "Can I help you?"

He looked at her for the first time and said, "I came about your daughter."

Sofía said, "Oh, yes, my daughter lives in the city."

"No, madam," the man said, "your daughter is dead."

Sofía looked at him, stunned. The she spoke as though hypnotized: "My daughter is dead? But how?"

"Señora, she must have been walking along the railroad tracks and not heard the train coming. We are sure she died instantly. We found her purse."

Sofía looked at the purse and recognized it immediately. It was a leather purse with an owl carved in the front. The eyes were made of jewels that Sofía had put on especially for her daughter. Her daughter had loved owls.

"Your address was in the purse," the man continued, "and so was this." He reached into his pocket and handed her fifty pesos.

Sofía stared at the money for a full minute. Then she began to scream, "My daughter, my daughter—oh, God!"

She could not stop screaming. The man became frightened and left. The neighbors came running to see why she was crying. When she finally calmed down, she told them what had happened. She put the money in the purse and then put the purse on her dresser.

She said, "No more! No more wishes!"

But it was like an itch she could not scratch. Every night she woke up thinking about the rooster's claw and possible wishes she could make.

"Maybe I could wish for trips. I could ride a train to visit my mama in Bogotá. No—what if it crashed?

"Maybe I could wish for food. I could have all the food I wanted. Maybe I could have a magic pot to give me food. No—what if it did not stop giving me food and the whole pueblo was overrun with it?

"Maybe I could wish for silver. No—maybe it would find a way to kill my son. I have already lost my daughter."

She could not decide what wish to make. Soon her eyes were dark and puffy from lack of sleep. As the weeks went by, she began to lose weight.

One morning she woke up and thought, *Oh, I know. I've been wishing for things. I will wish for something different.*

She went out to her backyard and drew a circle in the ground. She put a line through the circle. She said, "I wish to see my husband again."

The line snapped like a whip—*whaaaap, whaaap.*

That afternoon, just as dusk was setting, she sat on her front porch thinking about her wish. From a long distance she saw a man walking down the road toward her. He had a slight limp just like her Raúl had had. Her heart began to race with joy as he approached. But her joy turned to horror when he came close enough for her to see that where there had been eyes and a mouth, now there were only gaping holes. Where there had been flesh, there were only bones. As he limped toward her, his feet made a dragging sound—*shuuu, shuuu.*

He stretched his arms toward her and called out, "My wife—give me a kiss." *Shuuu, shuuu.* "Give me a hug." *Shuuu, shuuu.*

She leapt back. "No, you are not my husband!"

She ran into the house and locked the door. She could hear him limping up the front steps. *Shuuu, shuuuu.* She heard him banging at the door.

"Open the door," he wailed. "You called me. Some robbers killed me. Sofíaaa!"

Sofía ran through the house, trying to think what to do. Suddenly she remembered the rooster's claw. She ran out the back door and locked it from the outside.

She could hear him banging on the front door. She heard the door break. She heard him walking through the house. *Shuuu, shuuu.* She heard him banging on the back door, but that door did not break. She was trying to find the rooster's claw, but she couldn't remember where she had left it. She heard him limping along the front of the house. *Shuuu, shuuu.* She heard him coming along the side of the house. *Shuuu, shuuu.* He came out to the back yard. He came toward her with his arms stretched out to her and said, *"Dame un beso.* Give me a kiss."

She stood staring at him, paralyzed with fear. He had almost reached her. Suddenly she spied the rooster's claw on the ground. She ran to it and made a circle in the dirt. She put a line through it and yelled, "Go back to the grave!"

In that moment, he disappeared.

The next day she took the rooster's claw back to the *curandera*, healer. The *curandera* looked at the rooster's claw. She looked at Sofía. Then she nodded her head, smiled, and said, "Yes, they always bring it back."

From that day on, Sofía never complained much because she knew her life could be worse.

Glossary

• *curandera:* healer (f.)

• *zancocho:* a stew with many ingredients including green bananas

La pata de gallo

Cuento folklórico de Colombia

En el 1990 me invitaron a contar al Festival Latinoamericano de Cuentos. Era el primer año del evento, que se celebró ese año junto con un festival de libros en Guadalajara, México. Se juntaron cuentacuentos de todas partes—México, Centro y Sur América, Cuba y Puerto Rico. Yo era la representante de los Estados Unidos. Por nueve días contamos cuentos en el festival y en diferentes lugares alrededor de la ciudad.

Todos los cuentacuentos se hospedaron en el mismo hotel. A mí me gustaba en particular escuchar a un hombre de Colombia que se llamaba Demetrio Vallejo de Morillo. Era un maravilloso cuentacuentos dramático. Era muy tranquilo hasta que empezaba a contar; entonces cambiaba completamente, animándose mucho. Contó una versión de este cuento en el festival. Nunca se me olvidó y, unos años atrás, cuando encontré variantes de otras culturas, empecé a contarlo yo misma. Me gusta por su drama y humor. Me recuerda del cuento inglés "The Monkey's Paw" (La pata de mono) y del cuento yiddish "It Could Always Be Worse" (Siempre se puede estar peor). Es sólo un recordatorio de que los buenos cuentos no conocen fronteras.

Había una vez una pareja que se llamaban Raúl y Sofía y que estaban muy enamorados. Pasaban juntos todo el tiempo que podían. Raúl cojeaba y, a pesar de que le tomaba mucho tiempo llegar al campo para trabajar, siempre iba y trabajaba duro. Todos los días al mediodía Sofía le llenaba una canasta con zancocho y se la llevaba al campo.

Todos los días, cuando Raúl veía a Sofía venir por la colina, era como si el sol brillara sobre ella, sin importar cuán nublado estuviera el día. Siempre estaba contento de verla. Ella tendía un mantel y sacaba la maravillosa comida que le había preparado ese día. Se sentaban y platicaban mientras se comían la comida. Entonces ella volvía a casa y él continuaba su trabajo. Al final de cada día, cuando Raúl iba de camino a casa, buscaba algo especial para Sofía—una piedra o una flor para mostrarle su agradecimiento y amor.

Al tiempo tuvieron un hijito, y no mucho después de eso, una hijita. Los niños no hicieron más que añadir a su felicidad. Por las noches, se sentaban a la mesa de la cocina y hacían cositas. Raúl trabajaba muy bien el cuero y Sofía hacía maravillosas joyas.

Todos los domingos Raúl y Sofía y sus hijos caminaban por el pequeño pueblo. Sofía y Raúl caminaban agarrados del brazo. Sofía agarraba la mano del niñito y Raúl agarraba la mano de la niñita. A toda la gente del pueblo le gustaba observarlos mientras paseaban por la plaza porque la familia parecía tan feliz.

Los sábados Raúl y Sofía iban al mercado a vender las verduras que habían cultivado y las artesanías que habían hecho. Un sábado Sofía se quedó en casa con su hija, que estaba enferma, y Raúl se fue solo. Pero esa noche no regresó. Sofía envió a los hermanos de ella a buscarlo. Buscaron y buscaron pero no pudieron encontrarlo. Ella dejó a los hijos con su mamá para poder buscarlo, pero tampoco ella pudo encontrarlo.

Sofía tenía el corazón hecho pedazos. ¿Qué le había sucedido a su Raúl? Algo terrible tenía que haberle sucedido; él nunca la hubiera abandonado intencionalmente.

Al principio ella estaba muy triste. Lloraba todo el tiempo. Todas las semanas iba al mercado a buscar a Raúl, preguntándoles a todos los que veía que si lo habían visto. Mucha gente recordaba haberlo visto en el mercado. Algunos recordaban haberlo visto irse, pero nadie lo había visto después de que se fue. Después de un tiempo, ella empezó a quedarse más en casa, y salía sólo una vez al mes a buscarlo. Con el tiempo, se aventuraba a buscarlo sólo en el aniversario de su desaparición.

Su tristeza se tornó en amargura. Empezó a quejarse y a quejarse. Se quejaba de todo.

Si alguien decía: "Mira el sol; qué bonito es", ella decía: "No, no es bonito. ¡Necesitamos lluvia!"

Si otra persona decía: "Mira la lluvia; es tan hermosa", ella respondía: "No, no es hermosa. Necesitamos sol".

No importaba lo que dijera el que fuera, ¡ella se quejaba!

Tan pronto como los hijos crecieron lo suficiente se mudaron a la ciudad para alejarse de sus quejas. Nadie iba a visitarla nunca. En aquellas ocasiones en las que ella visitaba, el anfitrión salía en puntillas por la puerta trasera para escaparse de sus quejas.

Empezó a darse cuenta de que nadie quería estar cerca de ella. Se dio cuenta que tenía un gran problema. Se sentía sola. Sin embargo, no parecía poder dejar de quejarse. Muchas veces decidió parar, ¡pero enseguida empezaba de nuevo!

Pensó: *Quizá María, la curandera, pueda ayudarme.*

Sabía que tenía que llevarle algo a María a cambio de su ayuda. Pero todo lo que tenía era un pollo muy viejo. Decidió llevarle el pollo a la curandera.

La curandera miró el pollo y dijo: "Esto no es mucho. Por este pollo sólo te puedo dar una cosa—una pata de gallo. Me temo que es un poquito peligrosa y no muy confiable".

"Ay, enséñame a usarla", dijo Sofía. "Mi vida no puede ponerse peor de lo que está ahora".

"Bueno, esto es lo que tienes que hacer", dijo la curandera. "Tomas la pata de gallo y con ella haces un círculo en la tierra. Entonces dibujas una línea sobre el círculo y pides un deseo. Si el deseo se te va a conceder, la línea se mueve".

Sofía se llevó la pata de gallo y se fue. Cuando Sofía se alejaba, María exclamó: "Ten cuidado, ¡es peligrosa!"

Sofía llegó a la casa y trató de pensar en un deseo que no fuera muy peligroso. Pensó y pensó y entonces decidió. Salió afuera e hizo un círculo. Entonces dibujó una línea sobre él.

Sé que debo pedir sólo una cosita, pensó. *Cincuenta pesos no es mucho dinero. De seguro que no causará ningún problema.*

Y en voz alta dijo: "Quiero cincuenta pesos".

La línea se movió a través del círculo como una culebra ondulante en la tierra.

Al día siguiente Sofía apenas podía esperar a que se le hiciera realidad su deseo. Esperó todo el día. Pero nada sucedió.

Al día siguiente esperó a la expectativa. Pero nada sucedió.

"Oh, quizá la curandera tenía razón", se dijo a sí misma. "Quizá la pata de gallo no es confiable".

Al tercer día estaba trabajando en la casa cuando oyó que alguien tocaba a la puerta. Contestó la puerta y vio a un hombre allí parado. No la miraba a los ojos sino que no dejaba de arrastrar los pies y de mascullar.

Finalmente habló ella. "¿En qué puedo servirle?"

El la miró por primera vez y dijo: "Vine por su hija".

Sofía dijo: "Oh, sí, mi hija vive en la ciudad".

"No, señora", dijo el hombre, "su hija está muerta".

Sofía lo miró, aturdida. Entonces habló como hipnotizada: "¿Mi hija está muerta? ¿Pero cómo?"

"Señora, debe haber estado caminando por la vía del tren y no oyó el tren cuando venía. Estamos seguros de que murió al instante. Encontramos su bolsa".

Sofía miró la bolsa y la reconoció inmediatamente. Era una bolsa de cuero con un búho grabado al frente. Los ojos estaban hechos con unas joyas que Sofía había preparado especialmente para su hija. A su hija le fascinaban los búhos.

"Su dirección estaba en la bolsa", continuó el hombre, "y esto también". Se buscó en el bolsillo y le dio cincuenta pesos.

Sofía observó el dinero durante un minuto entero. Entonces empezó a gritar: "¡Mi hija, mi hija—ay, Dios!"

No podía dejar de gritar. El hombre se asustó y se fue. Los vecinos fueron a ver por qué estaba llorando. Cuando finalmente se calmó, les dijo lo que había sucedido. Puso el dinero en la bolsa y luego puso la bolsa en su gavetero.

Dijo: "¡No más! ¡No más deseos!"

Pero era como tener una picazón y no poderse rascar. Todas las noches se despertaba pensando en la pata de gallo y los posibles deseos que podía pedir.

"Tal vez puedo pedir viajes. Podría ir en tren a visitar a mi mamá en Bogotá. No—¿y si se estrella?

"Tal vez puedo pedir comida. Podría tener toda la comida que quiera. Quizá podría tener una olla mágica que me dé comida. No—¿qué tal si no parara de darme comida y el pueblo entero quedara inundado de ella?

"Quizá puedo pedir plata. No—tal vez eso llevaría a la muerte de mi hijo. Ya he perdido a mi hija".

No podía decidir qué deseo pedir. En poco tiempo los ojos se le oscurecieron e hincharon por la falta de sueño. A medida que pasaban las semanas, empezó a perder peso.

Una mañana se despertó y pensó: *Oh, yo sé. He estado deseando cosas. Voy a pedir algo diferente.*

Salió al patio y dibujó un círculo en la tierra. Hizo una línea sobre el círculo. Dijo: "Quiero ver a mi marido otra vez".

La línea crujió como un látigo—*chassss, chaassss.*

Esa tarde, justo cuando caía la noche, se sentó en el balcón a pensar en su deseo. Desde muy lejos vio a un hombre acercándose por la carretera. Cojeaba un poco, igual que su Raúl. El corazón empezó a latirle de alegría mientras él se acercaba. Pero su alegría se convirtió en horror cuando él se acercó lo suficiente como para que ella viera que donde había habido ojos y boca, ahora sólo había unos huecos profundos. Donde había habido carne, había sólo huesos. A medida que se le acercaba cojeando, arrastraba los pies haciendo ruido—*shuuu, shuuu.*

Extendió los brazos hacia ella y exclamó: "Mi esposa— dame un beso". *Shuuu, shuuu.* "Dame un abrazo". *Shuuu, shuuu.*

Ella retrocedió de un salto. "No, ¡tú no eres mi marido!"

Ella corrió hacia la casa y cerró la puerta. Lo podía oír cojeando al subir los escalones del frente. Shuuu, shuuu. Lo oyó dando golpes en la puerta.

"Abre la puerta", gritaba llorando. "Tú me llamaste. Unos ladrones me mataron. ¡Sofíaaa!"

Sofía corrió por la casa, tratando de pensar en qué hacer. De repente se acordó de la pata de gallo. Salió por la puerta trasera y la cerró desde afuera.

Lo podía escuchar dando golpes en la puerta del frente. Oyó que se rompió la puerta. Lo oyó caminando por la casa. *Shuuu, shuuu.* Lo oyó dando golpes en la puerta trasera, pero esa puerta no se rompió. Ella estaba tratando de encontrar la pata de gallo, pero no podía recordar dónde la había dejado. Lo oyó cojeando a lo largo del frente de la casa. *Shuuu, shuuu.* Lo oyó venir por el lado de la casa. *Shuuu, shuuu.* El llegó al patio. Fue hacia donde estaba ella extendiéndole los brazos y dijo: "Dame un beso".

Ella estaba parada mirándolo fijamente, paralizada de miedo. Casi la había alcanzado. De repente ella vio la pata de gallo en la tierra. Corrió hacia ella e hizo un círculo en la tierra. Le dibujó una línea encima y gritó: "¡Regresa a la tumba!"

En ese momento, él desapareció.

Al día siguiente le devolvió la pata de gallo a la curandera. La curandera miró la pata de gallo. Miró a Sofía. Entonces asintió con la cabeza, sonrió y dijo: "Sí, siempre la devuelven".

Desde ese día, Sofía nunca más se quejó mucho porque sabía que su vida podía ponerse peor de lo que estaba.

Cuentos de Astucia

TRICKSTERS

The Monkey and the Crocodile

A Folktale from Chiapas, Mexico

I was visiting a mission in the village of Yajalone in Chiapas, Mexico, telling and collecting stories. One day a man named José Chávez came to see me at the mission. He knew I was working on a translation of a videotape featuring stories told by an elder in the Tzeltal tribe. He came and sat down next to me and told me this story.

Once there was a monkey who wanted to eat bananas, but they were on the other side of the river. The river was very wide, and he didn't know how to swim. He tried making a little raft, but the moment he got it into the water it sank. How he hated being wet!

He got out of the water, and while he was drying, he sat staring across the water at those sweet delicious bananas. He wanted them so badly.

Just then, he saw a big crocodile swimming close to the edge of the shore. "Oh, Señor Cocodrilo!" Monkey called out. "I am very hungry. I want to eat those bananas that are on the other side of the river, but my mother never showed me how to swim. Will you take me on you back to the other side?"

"Fine," said Crocodile.

With one jump, Monkey climbed on Crocodile's back. Crocodile swam to the other side where the bananas were.

Upon arriving, Monkey said, "Señor Cocodrilo, would you please wait for me a minute? I will be right back. I will eat fast so you can take me back."

"Fine," said Crocodile.

Monkey ate happily. He even brought a banana to eat on the way back. He jumped on Crocodile's back. "Take me right to the other side of the river," he demanded.

Crocodile started swimming, but not in the direction Monkey had asked him to. Instead, Crocodile was taking him along the edge of the river.

"Señor Cocodrilo, where are you taking me? This isn't the way to my house."

"I am taking you to my house," Crocodile said as he continued to swim.

Monkey didn't like the sound of that! "Why, thank you for the invitation!" he said uncertainly. "But I really need to get home!"

"I'm not inviting you," Crocodile replied gruffly.

"Good, let's go to my house!" Monkey said.

"No, you're coming home with me whether you like it or not."

Monkey knew he was running out of options. He asked the only question that remained to be asked. "Why?"

"Because my wife is sick and the healer said for her to get well she has to eat the brains of a monkey."

"Oh, Señor Cocodrilo, why didn't you tell me about the brains before I got on?" Monkey replied. "I left my brains sunning on the other side of the river. Let's hurry and get them so we can take them to your wife before she dies."

"Let's return, then," said Crocodile.

When they arrived at the spot where they had started, Monkey said, "My brains are on the other side of my house, in the afternoon sun. I am going to go get them and then I will return."

He got off Crocodile's back and ran beyond Crocodile's reach. Then he called, "The day that my brains get out of my head, that is the day I die." Then Monkey ran away laughing and laughing.

That is how Monkey saved his own life.

Glossary

• Señor Cocodrilo: Mr. Crocodile

El mono y el cocodrilo

Cuento folklórico de Chiapas, México

Yo estaba de visita en una misión en el pueblo de Yajalone en Chiapas, México, contando y recolectando cuentos. Un día un hombre llamado José Chávez fue a visitarme a la misión. El sabía que yo estaba traduciendo una videocinta de cuentos contados por un anciano de la tribu tzeltal. El vino y se sentó al lado mío y me contó este cuento.

Había una vez un mono que quería comer plátanos, pero éstos estaban al otro lado del río. El río era muy ancho y el mono no sabía nadar. Trató de hacer una pequeña balsa, pero tan pronto la puso en el agua se hundió. ¡Cómo odiaba estar mojado!

Se salió del agua y mientras se secaba, observaba los dulces y deliciosos plátanos al otro lado del agua. Les tenía tantas ganas.

Justo entonces, vio a un gran cocodrilo que nadaba cerca de la orillita. "¡Ay, señor Cocodrilo!" exclamó el mono. "Tengo mucha hambre. Quiero comerme esos plátanos que hay al otro lado del río, pero mi mamá nunca me enseñó a nadar. ¿Me llevaría Ud. en su lomo al otro lado?"

"De acuerdo", dijo el cocodrilo.

De un salto, el mono se trepó en el lomo del cocodrilo. El cocodrilo nadó hasta el otro lado, donde estaban los plátanos.

Al llegar, dijo el mono: "Señor Cocodrilo, ¿me esperaría Ud. un minuto? Regreso enseguida. Voy a comer rápido para que Ud. me pueda llevar de regreso".

"De acuerdo", dijo el cocodrilo.

El mono comió felizmente. Hasta se llevó un plátano para comer durante el viaje de regreso. Saltó sobre el lomo del cocodrilo. "Lléveme justo al otro lado del río", pidió.

El cocodrilo empezó a nadar, pero no en la dirección que el mono le había pedido. En vez, el cocodrilo lo estaba llevando a lo largo de la orilla del río.

"Señor Cocodrilo, ¿adónde me lleva? Este no es el camino hacia mi casa".

"Te estoy llevando a mi casa", dijo el cocodrilo mientras continuaba nadando.

¡Al mono no le gustó como sonó eso! "Bueno, ¡gracias por la invitación!" dijo con incertidumbre. "¡Pero de verdad que tengo que regresar a mi casa!"

"No te estoy invitando", respondió el cocodrilo con aspereza.

"Bueno, ¡pues vamos a mi casa!" dijo el mono.

"No, vas a mi casa, quiéraslo o no".

El mono sabía que se le estaban acabando las opciones. Hizo la única pregunta que quedaba por hacer. "¿Por qué?"

"Porque mi esposa está enferma y el curandero dijo que para que se cure tiene que comerse los sesos de un mono".

"Ay, señor Cocodrilo, ¿por qué no me dijo lo de los sesos antes de subirme en su lomo?" replicó el mono. "Dejé mis sesos asoleándose al otro lado del río. Apurémonos a conseguirlos para poder llevárselos a su esposa antes de que muera".

"Regresemos, pues", dijo el cocodrilo.

Cuando llegaron al lugar donde habían comenzado, el mono dijo: "Mis sesos están al otro lado de mi casa, bajo el sol de la tarde. Voy a buscarlos y entonces regreso".

Se bajó del lomo del cocodrilo y huyó corriendo fuera del alcance del cocodrilo. Entonces exclamó: "El día que los sesos se me salgan de la cabeza, ése será el día que yo muera". Entonces el mono salió corriendo, riéndose y riéndose.

Así fue como el mono se salvó la vida.

Opossum and Coyote

A Folktale from Mexico

The first time I ever heard of a tlacuache, I was in Puerto Vallarta, Mexico, vacationing with my fourteen-year-old daughter. My daughter and I vacation on different schedules. She likes to sleep in, and I get up very early. So every morning, I would go out and get my cafecito con leche (coffee with milk). I liked this particular café because you could sit outside and drink your coffee as interesting people walked by. One of the interesting people was an old man named Señor Vicente Ruiz de Martínez.

The day I met Señor Martínez, we started to talk, and soon we were exchanging stories. He had been sheriff of the town at one time, and he told me about Puerto Vallarta before all the Americans had started coming there. Eventually he asked me if I had ever heard of a tlacuache. When I replied that I hadn't, he told me it was an opossum.

Every day after that, we would meet for coffee and he would tell me a small story about the tlacuache, a classic trickster. The tlacuache tricks many animals, but his favorite victim is Coyote. Since that time I have found many tlacuache stories. These are just some of the episodes he shared with me.

(O)ne day, as Coyote was traveling along, he met Tlacuache, Opossum. Opossum lay on his back with his feet supporting a huge rock.

Ah, Coyote thought, *I can get vengeance for all the tricks Tlacuache has played on me.*

He jumped toward Opossum and said, "Now I am going to eat you! You have played too many tricks on me!"

"But it is not I who played tricks on you!" Tlacuache protested. "There are many of us: there is the *tlacuache* of the prickly pears, the *tlacuache* of the mountains, the *tlacuache* of the flowers. Besides, don't you see I am holding up the sky? This work makes me tired. Here I am, saving all the other animals from the falling sky, and no one has brought me anything to eat. I am so hungry! Could you please help me?"

"Well ..." said Coyote, who was very hungry and a little bit frightened by the prospect of the falling sky.

"Just take my place so I can go and get some tortillas for us," Opossum pled. "I will also go get a pole to hold up the sky so we can eat comfortably."

Coyote did not want the sky to fall; besides, he loved to eat tortillas. So he agreed to take Opossum's place. He carefully lay down next to Opossum, and as Opossum slid out, Coyote took his place. He put his feet up against the rocks and pushed.

"Stay there until I come back, old friend. I won't take long," said Tlacuache.

"Yes, compadre, but go rapidly," said Coyote.

Opossum ran out while Coyote lay on the ground with his feet against the rocks. Time passed, and Tlacuache did not come back. Coyote felt tired! At first his legs grew tired, and then they started to ache.

What can that *tlacuache* be doing? he wondered.

He waited without moving. Finally, he could not lie there any longer.

I don't care if the sky does fall, thought Coyote. *I am going to leave.* He got up rapidly and ran behind the rocks.

After a few minutes, he peeked around the corner of a rock and saw that nothing had happened. Everything was the same as before.

Coyote was very angry. "That *tlacuache* has tricked me again!" And off he went, looking for him.

While Coyote was searching, Tlacuache was walking along and he came to the corner of a farmer's house, near the chicken coop. There he saw a wooden doll covered with wax.

"*Buenos días, señor,*" Tlacuache said, thinking the doll was a man.

The doll did not reply.

"If you do not speak to me, I am going to slap you," said Opossum.

But the wooden doll did not reply. Opossum hit the wooden man and there his paw stayed, stuck in the wax.

Then he said, "If you don't let me go, I am going to hit you again."

He hit the wooden man, and again his other paw stuck to the wax. This time he said, "If you don't let me go, I am going to kick you."

But when he kicked him, his foot stuck to the wax man.

Tlacuache could not get over the nerve of this little man! "If you don't let go of me," he threatened, "I am going to kick you with my other foot."

He kicked him with his free foot, and of course that foot stayed stuck!

"If you don't let me go," Tlacuache raged, "I am going to bite you!"

Just then Coyote arrived. "What are you doing, Opossum?" he asked. "Ah, now I have you! I'm going to eat you right now, like I should have before."

"But, old friend, why are you going to eat me?" Tlacuache said innocently. "There are many of us: there is the *tlacuache* of the prickly pears, the *tlacuache* of the mountains, the *tlacuache* of the flowers. I am not the one who tricked you!"

"You aren't?" Coyote scratched his head. "Well, what are you doing stuck to that thing?"

"There is a *fiesta*—with chickens, tamales, tortillas, and more. I don't want to go because I do not like the people at the party and I just ate. The people at the *fiesta* trapped me so I would not escape."

"If you want, I will go for you," said Coyote.

"Well, if you want to go, free me and stick yourself to the man. The people will think you are me, and they will take you to the *fiesta*."

Coyote freed Opossum and stayed stuck to the wax doll in Opossum's place.

In the morning the owner of the house went to see if he had trapped the animal that had been eating his chickens. When he saw Coyote, he began to yell at him. "So you are the one who has been eating my chickens!"

The owner hit Coyote in the tail and Coyote went rolling down the hill—*bump, bump, bump.* The bumping loosened him from the wooden man.

"Oh, that *tlacuache* tricked me again!" cried out Coyote. And off he went, looking for Opossum.

He found him that night. He was standing between some very big cactuses, looking up at the stars. Coyote snuck up behind him and grabbed him. "Now I will eat you!" he yelled. "You are always tricking me."

"Oh, now, Coyotito, there are many of us: there is the *tlacuache* of the prickly pears, the *tlacuache* of the mountains, the *tlacuache* of the flowers."

"Well, if it wasn't you that tricked me, then let us pass the time together."

"If you are hungry we can eat some prickly pears," Opossum said. He was, after all, the *tlacuache* of the prickly pears. "Here," he continued, "come closer to the the prickly pear tree, and we will eat the pears." He gave the peelings to Coyote.

In a moment, Coyote's face was filled with thorns. "You got me covered with thorns," he wailed. He ran howling down the road, yelling, "Tomorrow I will eat you!"

That night, when Coyote finally reached home—sore, tired, and angry—he went to sleep, mumbling to himself, "Tomorrow I will eat that *tlacuache*. Tomorrow I will eat the *tlacuache*."

Coyote did not find him until another day. Tlacuache was high up on a rock. Coyote came up behind him and said, "Ah, now I will eat you!"

"But Coyote, there are many of us: there is the *tlacuache* of the prickly pears, the *tlacuache* of the mountains, the *tlacuache* of the flowers. I would not play a trick on you."

"Oh," Coyote replied. "Then if you are not the one who played a trick on me, let us visit. What are you doing up on the rock?"

"Oh, I was just looking down there." Tlacuache pointed to a rock formation at the bottom that looked like a house. "Some very good friends of mine live down there and they are always very generous with their food. I was thinking of going down there and eating with them. Would you like to come?"

"But how would we get down there?" asked Coyote.

"Oh, we can just jump and land on that tree close to the house."

"Oh no," Coyote replied. "That looks too dangerous."

"I've done it many times," Tlacuache protested. "Nothing has ever happened to me. You just have to jump the right way."

Coyote was so busy looking down that he did not notice that Opossum was stuffing his tail into a tight crevice in the rock.

"I'll do it," Coyote said. "But only if we jump at the same time."

"Oh, that is no problem at all."

Opossum and Coyote stood together at the edge of the rock.

"*Uno, dos, tres* ... " Tlacuache began to count. "Now!" he yelled.

They leapt at the same time, but Tlacuache stayed safely on the ledge because his tail was caught in the crevice of the rock. Coyote went flying out into the sky. Some say he landed on the moon and this is who we see when the moon is full. Others say Coyote is still looking for that *tlacuache*.

Glossary

• *buenos días, señor:* hello, sir

• *compadre:* old friend

• *coyotito:* coyote (diminutive, affectionate)

• *fiesta:* party, feast

• *tlacuache:* opossum

• *uno, dos, tres:* one, two three

La zarigüeya y el coyote

Cuento folklórico de México

La primera vez que oí hablar de un tlacuache, estaba yo en Puerto
Vallarta, México, vacacionando con mi hija de catorce años. Mi hija
y yo vacacionamos en horarios diferentes. A ella le gusta dormir
hasta bien tarde y yo me levanto muy temprano. Así que cada
mañanita yo salía y buscaba mi cafecito con leche. Me gustaba un
café en particular porque uno podía sentarse afuera y tomarse el
café a medida que pasaba por ahí gente interesante. Una de estas
personas interesantes fue un viejito llamado el sr. Vicente Ruiz de
Martínez.

El día que conocí al sr. Martínez, empezamos a hablar y en
poco tiempo ya estábamos intercambiando cuentos. El había sido
alguacil del pueblo una vez y me contó de Puerto Vallarta antes de
que todos los americanos empezaran a llegar allí. Finalmente me
preguntó si yo alguna vez había oído hablar de un tlacuache.
Cuando le dije que no, me dijo que era una zarigüeya.

Desde ese día, nos reunimos todos los días para tomar café y
cada vez él me contaba un cuentito sobre el tlacuache, un tramposo
de primera. El tlacuache engaña a muchos animales, pero su
víctima favorita es el coyote. Desde esa vez he encontrado muchos
cuentos del tlacuache. Estos son sólo algunos de los episodios que
él compartió conmigo.

Un día, cuando el coyote iba de camino, se encontró con el tlacuache, la zarigüeya. La zarigüeya estaba acostada boca arriba, con las patas estiradas, sosteniendo una enorme peña.

Ah, pensó el coyote, *puedo vengarme de todos los trucos con los que el tlacuache me ha engañado.*

Saltó hacia la zarigüeya y dijo: "¡Ahora mismo te voy a comer! ¡Me has jugado demasiados trucos!"

"¡Pero no soy yo el que te jugó los trucos!" protestó el tlacuache. "Somos muchos: está el tlacuache de los nopales, el tlacuache de las montañas, el tlacuache de las flores. Además, ¿no ves que estoy aguantando el cielo con las patas? Esta tarea me agota. Aquí estoy, librando a todos los animales de que se desplome el cielo, y nadie me ha traído nada de comer. ¡Tengo tanta hambre! ¿Podrías ayudarme, por favor?"

"Bueno ..." dijo el coyote, que tenía mucha hambre y estaba un poquito asustado por la posibilidad de que se desplomara el cielo.

"Sólo quédate en mi lugar para que yo pueda ir a buscar algunas tortillas para los dos", suplicó la zarigüeya. "También voy a buscar un palo para que aguante el cielo mientras comemos cómodamente".

El coyote no quería que se desplomara el cielo; además, le encantaba comer tortillas. Así que estuvo de acuerdo en quedarse en lugar de la zarigüeya. Se acostó con cuidado al lado de la zarigüeya y cuando la zarigüeya se escurrió para salirse, el coyote tomó su lugar. Alzó las patas y las estiró, empujando contra las peñas.

"Quédate ahí hasta que yo regrese, viejo amigo. No tardo mucho", dijo el tlacuache.

"Sí, compadre, pero hazlo rápido", dijo el coyote.

La zarigüeya salió corriendo mientras el coyote estaba tendido en el suelo con las patas estiradas contra las peñas. Pasó el tiempo y el tlacuache no regresaba. ¡El coyote se sentía cansado! Al principio las patas se le cansaron y luego empezaron a dolerle.

"¿Qué puede estar haciendo ese tlacuache?" se preguntaba.

Esperó sin moverse. Finalmente no pudo quedarse más así.

No me importa si se desploma el cielo, pensó el coyote. *Yo me voy.* Se levantó rápidamente y corrió a esconderse detrás de las peñas.

Después de unos minutos, se asomó por detrás de la esquinita de una peña y vio que nada había pasado. Todo estaba igual que antes.

El coyote estaba muy enojado. "¡Ese tlacuache me ha engañado otra vez!" Y se marchó a buscarlo.

Mientras el coyote lo buscaba, el tlacuache iba caminando y llegó a la esquina de la casa de un granjero, cerca del gallinero. Allí vio a un muñeco de madera cubierto de cera.

"Buenos días, señor", dijo el tlacuache, pensando que el muñeco era un hombre.

El muñeco no contestó.

"Si no me hablas, te voy a cachetear", dijo la zarigüeya.

Pero el muñeco de madera no contestó. La zarigüeya golpeó al hombre de madera y allí se le quedó la pata, pegada a la cera.

Entonces dijo: "Si no me sueltas, te voy a golpear otra vez".

De nuevo golpeó al hombre de madera, y una vez más la otra pata se le quedó pegada a la cera. Esta vez dijo: "Si no me sueltas, te voy a patear".

Pero cuando lo pateó, el pie se le quedó pegado al hombre de cera.

¡El tlacuache no podía creer la osadía de este hombrecito! "Si no me sueltas", amenazó, "voy a patearte con el otro pie".

Lo pateó con el pie que le quedaba libre y claro que ese pie ¡se le quedó atrapado!

"Si no me sueltas", rabió el tlacuache, "¡te voy a morder!"

Justo entonces llegó el coyote. "¿Qué haces, Zarigüeya?" preguntó. "Ah, ¡ahora estás en mi poder! Voy a comerte ahora mismo, como debí haberlo hecho antes".

"Pero, viejo amigo, ¿por qué vas a comerme?" dijo el tlacuache inocentemente. "Somos muchos: está el tlacuache de los nopales, el tlacuache de las montañas, el tlacuache de las flores. ¡Yo no soy el que te engañó!"

"¿Tú no eres?" El coyote se rascó la cabeza. "Bueno, ¿qué haces pegado a esa cosa?"

"Hay una fiesta—con pollos, tamales, tortillas y mucho más. No quiero ir porque no me cae bien la gente de la fiesta y acabo de comer. La gente de la fiesta me puso en esta trampa para que no pudiera escapar".

"Si quieres, puedo ir por ti", dijo el coyote.

"Bueno, si quieres ir, despégame de aquí y pégate tú al hombre. La gente va a pensar que tú eres yo y te van a llevar a ti a la fiesta".

El coyote liberó a la zarigüeya y permaneció pegado al muñeco de cera, en lugar de la zarigüeya.

Por la mañana el dueño de la casa fue a ver si había atrapado el animal que había estado comiéndole los pollos. Cuando vio al coyote, empezó a gritarle. "¡Así que eres tú el que me ha estado comiendo los pollos!"

El dueño golpeó al coyote en la cola y el coyote rodó cuesta abajo—*pum, pum, pum.* Los golpetazos lo despegaron del hombre de madera.

"Ay, ¡ese tlacuache me engañó de nuevo!" gritó el coyote. Y se marchó a buscar a la zarigüeya.

La encontró esa noche. Estaba parada entre algunos nopales muy grandes, mirando hacia las estrellas. El coyote se le escurrió por detrás y la agarró. "¡Ahora voy a comerte!" gritó. "Siempre andas engañándome".

"Ay, mira, Coyotito, somos muchos: está el tlacuache de los nopales, el tlacuache de las montañas, el tlacuache de las flores".

"Bueno, si no fuiste tú el que me engañó, entonces pasemos el rato juntos".

"Si tienes hambre podemos comer algunos nopales", dijo la zarigüeya. Era, después de todo, el tlacuache de los nopales. "Mira", continuó, "acércate al nopal y nos comeremos los nopales". Le dio las cáscaras al coyote.

En un instante, la cara del coyote se le llenó de espinas. "Me has llenado de espinas", gimió. Salió corriendo, aullando por el camino y gritando: "¡Mañana voy a comerte!"

Esa noche, cuando el coyote finalmente llegó a su casa—adolorido, cansado y enojado—se fue a dormir, mascullando para sí: "Mañana me voy a comer ese tlacuache. Mañana me voy a comer al tlacuache".

El coyote no lo encontró hasta otro día. El tlacuache estaba parado en lo alto de una peña. El coyote se le acercó por detrás y dijo: "Ah, ¡ahora voy a comerte!"

"Pero Coyote, somos muchos: está el tlacuache de los nopales, el tlacuache de las montañas, el tlacuache de las flores. Yo no te engañaría".

"Oh", replicó el coyote. "Entonces si no eres tú el que me engañó, conversemos. ¿Qué estás haciendo allá arriba en la peña?"

"Oh, sólo estaba mirando para allá abajo". El tlacuache señaló hacia una peña que había en el fondo y que parecía una casa. "Unos muy buenos amigos míos viven allá abajo y siempre son muy generosos con su comida. Estaba pensando ir hasta allá abajo y comer con ellos. ¿Quisieras venir?"

"Pero, ¿cómo llegaríamos hasta allá abajo?" preguntó el coyote.

"Oh, pues podemos simplemente saltar y aterrizar sobre ese árbol que hay cerca de la casa".

"Oh no", replicó el coyote. "Eso parece muy peligroso".

"Lo he hecho muchas veces", protestó el tlacuache. "Nunca me ha pasado nada. Sólo tienes que saltar de la manera correcta".

El coyote estaba tan ocupado mirando hacia abajo que no se dio cuenta que la zarigüeya estaba metiéndose la cola en una ranura muy estrecha que había en la peña.

"Yo lo hago", dijo el coyote. "Pero sólo si saltamos a la misma vez".

"Oh, eso no es ningún problema".

La zarigüeya y el coyote se pararon juntos sobre el borde de la peña.

"Uno, dos, tres ..." empezó a contar el tlacuache. "¡Ahora!" gritó.

Saltaron a la misma vez, pero el tlacuache permaneció sano y salvo en el borde porque su cola estaba atrapada en la ranura de la peña. El coyote salió volando hacia el cielo. Algunos dicen que aterrizó en la luna y que es él el que vemos cuando la luna está llena. Otros dicen que el coyote todavía anda buscando a ese tlacuache.

The Alligator and the Dog

A Folktale from Cuba

I first heard this story at a party when I met an old woman named Señora Apolonia Martín. When she asked me where I was from, I told her I was from the U.S.A., with grandparents from Chihuahua, Mexico. She told me she was from Cuba. Señora Martín and I talked about stories, and I told her a story with a song in it. In return, she told me this story, which also contains a song.

When I got home, I couldn't remember the tune she had used. I sang the song for a long time before I found the tune I liked. When she told the story, she used a drum in the song. In some versions I have found, a whistle is used instead. I like the drum better because I can beat it as I dance and sing. Kids love to clap to this song as I tell the story.

Many Cuban stories, such as this one, incorporate African languages and refrains. In all the versions I have found since first hearing the story from Señora Martín, I have never found any translation for the refrain of this story. But I love the rhythm and sound of it all the same, and I hope you enjoy it as much as I do.

Once, in the land of Cuba, there was an alligator who thought very highly of himself. He would look at himself in the river and say, "Oh, I am so handsome! I have such beautiful sharp teeth. I have the most beautiful scales. I can play the best drum in the country—and not only that, I have the best voice!" He would walk back and forth along the river, saying these things and smiling at himself in the river.

One day Dog came along and heard Alligator, playing his drum and singing. He saw Alligator's drum and said, "Oh, Caimán, old friend, you are such a nice *caimán*—and so generous, too. Would you let me play your drum for a little while? *Por favorrr?* Pleeeaaase?"

"Hmmph," Alligator muttered to himself. "He'll never be able to play the drum or sing as well as I do—it's impossible." So he said to Dog, "Oh, all right, I will lend you the drum for just a minute—but no more!"

Dog took the drum and started to beat on it. Soon he found a little tune and began to sing:

> *"Findecabón, findecabón*
> *tambor había nue*
> *conga na luanga."*

Alligator was a bit surprised by how well Dog sang. *He sounded pretty good*, he thought. *I'd better get that drum back from him.*

"Perro, give me back that *tambor*!"

"Oh, Caimán, be a good friend. Just let me play it for a little while more. I promise I will give it back to you—really I will. *Por favor.*"

"Oh, all right," said Alligator, "but just for a little bit more."

Dog started to play and sing again—and again, it sounded good. Not only could he sing, he was dancing along with the music too!

*"Findecabón, findecabón
tambor había nue
conga na luanga."*

This made Alligator very nervous. Dog looked as though he was having too much fun!

"Perro, I want my drum back this minute. You can't play it any more."

"Oh, Caimán, I know you are so talented and handsome. You are also my best friend. *Por favor?* Just let me play the drum a little bit more. I will give it back to you and never, never ask for it again."

"All right, I will let you play it for the very last time." Alligator was beginning to regret that he had ever lent Dog his drum.

Dog started to play and he sang

"Findecabón, findecabón—"

and he kept walking; then he sang

"—tambor había nue—"

and he kept walking; and then he started running as he sang

"—conga na luanga."

He ran away and Alligator could not catch him.

Soon Dog was traveling all over, playing his drum and singing. He became well known throughout the land. Alligator tried to catch him, but every time he would hear about Dog, he would have disappeared by the time he reached the town where he had last been seen.

Everywhere Dog went he was asked to perform his special song.

> *"Findecabón, findecabón*
> *tambor había nue*
> *conga na luanga."*

One day the king of the land went to Dog and said, "I have heard of your fine playing. My daughter, the princess, has died. I want you to play at the funeral."

On that sad day, Dog sang and played his drum as people paraded through the kingdom. Everyone marched to their favorite song.

> *"Findecabón, findecabón*
> *tambor había nue*
> *conga na luanga."*

Well, you know, Alligator bought another drum, but he never became as famous as Dog—and he never ever caught him, either. Dog, on the other hand, continued going through the land singing his song.

> *"Findecabón, findecabón*
> *tambor había nue*
> *conga na luanga."*

Glossary

• *caimán:* alligator

• *perro:* dog

• *por favor:* please

El perro y el caimán

Cuento folklórico de Cuba

Oí este cuento por primera vez en una fiesta cuando conocí a una viejita que se llamaba la sra. Apolonia Martín. Cuando me preguntó de dónde era yo, le dije que era de los EE.UU. y mis abuelos de Chihuahua, México. Me dijo que era de Cuba. La sra. Martín y yo hablamos sobre cuentos y yo le conté un cuento que tenía una canción. A cambio, ella me hizo este cuento, que también contiene una canción.

Cuando regresé a casa, no pude recordar la melodía que ella había usado. Tuve que cantar la canción por mucho tiempo antes de encontrar la melodía que más me gustó. Cuando ella contó el cuento, usó un tambor durante la canción. En algunas versiones que he encontrado, se usa un pito. A mí me gusta más el tambor porque puedo tocarlo mientras bailo y canto. A los niños les encanta dar palmas para acompañar la canción mientras yo les hago el cuento.

Muchos cuentos cubanos, como éste, incorporan lenguas y estribillos africanos. En todas las versiones que he encontrado desde que me lo contó la sra. Martín, nunca he hallado traducción alguna para el estribillo de este cuento. Pero de todas formas me encanta el ritmo y el sonido, y espero que lo disfruten tanto como yo.

na vez, en el país de Cuba, había un caimán que era muy creído. Se miraba en el río y decía: "Ay, ¡qué guapo soy! Qué hermosos dientes afilados tengo. Tengo las escamas más hermosas. Soy el mejor que toca el tambor en este país—y no sólo eso, ¡tengo la mejor voz!" Solía caminar para arriba y para abajo a lo largo del río, diciendo estas cosas y sonriéndose a sí mismo en el río.

Un día el perro se apareció y oyó al caimán tocar su tambor y cantar. Vio el tambor del caimán y dijo: "Ay, Caimán, viejo amigo, tú eres un caimán tan bueno—y tan generoso también. ¿Me dejarías tocar tu tambor un ratito? ¿Por favorrr?"

"Mmm", murmuró el caimán para sí. "Nunca va a poder tocar el tambor o cantar tan bien como yo—es imposible". Así que le dijo al perro: "Bueno, está bien, te voy a prestar el tambor por tan sólo un minuto—¡no más de un minuto!"

El perro agarró el tambor y empezó a tocarlo. Pronto se inventó una pequeña melodía y empezó a cantar:

> "Findecabón, findecabón
> tambor había nue
> conga na luanga".

El caimán se sorprendió un poquito de que el perro cantara tan bien. *Se oye bastante bien*, pensó. *Mejor es que ese tambor vuelva a mí.*

"Perro, ¡devuélveme ese tambor!"

"Ay, Caimán, sé buen amigo. Déjame tocarlo un ratito más. Te prometo que te lo voy a devolver—de verdad. Por favor".

"Bueno, está bien", dijo el caimán, "pero sólo un ratito más".

El perro empezó a tocar y a cantar otra vez—y de nuevo, sonaba bien. No sólo sabía cantar; ¡estaba bailando al compás de la música también!

"Findecabón, findecabón
tambor había nue
conga na luanga".

Esto puso muy nervioso al caimán. ¡Parecía que el perro estaba divirtiéndose demasiado!

"Perro, quiero que me devuelvas el tambor ahora mismo. Ya no puedes tocarlo más".

"Ay, Caimán, sé que eres tan talentoso y guapo. Eres también mi mejor amigo. ¿Por favor? Déjame tocar el tambor un poquito más. Te lo voy a devolver y nunca, nunca más te lo voy a pedir otra vez".

"Está bien, te lo voy a dejar tocar por última vez". El caimán estaba empezando a arrepentirse de haberle prestado su tambor al perro.

El perro empezó a tocar y cantó:

"Findecabón, findecabón—"

y siguió caminando; entonces cantó:

"—tambor había nue—"

y siguió caminando; y entonces empezó a correr mientras cantaba:

"—conga na luanga".

Escapó corriendo y el caimán no lo pudo agarrar.

Dentro de poco, el perro empezó a viajar por todas partes, tocando su tambor y cantando. Se hizo famoso por todo el país. El caimán trató de atraparlo, pero cada vez que le decían del perro, ya éste se había desaparecido antes de que él llegara al pueblo donde lo habían visto por última vez.

Adondequiera que iba el perro, le pedían que cantara su canción especial.

> *"Findecabón, findecabón*
> *tambor había nue*
> *conga na luanga".*

Un día el rey del país fue adonde estaba el perro y le dijo: "Me he enterado de que tocas bien. Mi hija, la princesa, ha muerto. Quiero que toques en el entierro".

En ese triste día, el perro cantó y tocó su tambor mientras la gente desfilaba por el reino. Todos marchaban al compás de su canción favorita.

> *"Findecabón, findecabón*
> *tambor había nue*
> *conga na luanga".*

Bueno, ustedes sabrán que el caimán se compró otro tambor, pero nunca se hizo tan famoso como el perro—y nunca lo pudo atrapar, tampoco. El perro, por otra parte, continuó viajando por el reino, cantando su canción.

> *"Findecabón, findecabón*
> *tambor había nue*
> *conga na luanga".*

Uncle Rabbit and Uncle Tiger

A Folktale from Nicaragua

I first started to take notice of Tío Conejo's stories when I was at a storytelling conference in Guadalajara, Mexico. Storytellers were gathered from Venezuela, Argentine, Brazil, and Nicaragua—and nearly all of them were telling Tío Conejo stories. One would tell a story about Tío and León (Lion), another would tell a story about Tío and Tigre (Tiger), and another would tell a story about Tío and Culebra (Snake). In all of them Tío was outsmarting the other animals. Sometimes he did it to get something—big ears, a magic stone— but every once in a while, he did it to help someone.

One day Tiger was walking along, when suddenly a big wind began to blow. The wind knocked down a branch and it fell right on top of Tiger. He lay there, stuck, with his body aching all over. He lay there for quite a while until finally Uncle Bull came along.

"Tío, please help me!" Tiger called out. "I cannot get out from under these branches."

"No, no, Tigre," Bull said. "You are mean, and you will eat me."

"Please, Tío Toro, I promise to be good. I will never ever eat you."

Bull started to walk away, saying to himself, "No, no, it is very dangerous."

Tiger began to wail and cry. "Tío, if you do not help me, I will die. Please, please!"

Well, Bull had a good heart, and it hurt him to hear Tiger cry that way. He went back to Tiger and said, "Now, you promise me you won't eat me?"

"Oh, yes, Tío Toro—only please, get me out of here!"

So Bull, out of the goodness of his heart, came close to the branch. "I am going to pick up the branch," he said, "and when I do, you slide out."

The moment Tiger slid out he forgot his promise. *Now I will eat him!* he thought to himself.

With his sharp teeth he began to attack Bull.

Bull was distressed. "How can it be that after saving you from the branch you are going to eat me?" he said. "It is not just!"

"It's just that I am very hungry," replied Tiger. "Here is what we will do. I will not eat you on one condition."

"And what is that?" asked Bull, looking for a way out of his situation.

Tiger said, "We will ask for three different testimonies. Let's see if they come out on your side or my side."

"Fine," said Bull.

Tiger and Bull went walking throught the forest. Soon they met an old ox who could hardly walk.

"Tío Buey!" Tiger called out to Ox. "How does a good deed get paid?"

"With a bad deed, Tío Tigre," responded the old ox.

"How can that be?" asked the frightened bull.

"Well, look at me. Once I served my master with all my might. But when I got old and useless and past my time, he threw me out in the flatlands to die of hunger and thirst."

"Good," said Tiger. "One on my side."

As they continued walking, Bull was very, very frightened and distressed.

Soon they met an old toothless horse. Bull asked, "Tío Caballo, how does a good deed get paid?"

"With a bad deed," said Horse, looking at them with watery eyes covered with flies.

"But how can you say that?" asked Bull.

"Well, look at me! Look at what my master did to me after he saw me, thin and bald. He threw me into the forest so I could die of hunger. After I spent every night waiting for him outside of a bar! Every night he would go drinking and leave me at the door waiting for him until they threw him out. Then he would climb on me and I would take him home. Every night it was the same thing. Now look at me here in the forest!"

"That's terrible," said Bull, thinking, *Another one goes to Tiger. Now there is only one left for me before this beast eats me.*

Well, they continued traveling and all of a sudden there was Uncle Rabbit. He just jumped out of nowhere.

"Here comes Tío Conejo!" they both said with joy. Each of them thought Rabbit would take his side.

"Tío Conejo, how is a good deed paid?" asked Bull.

"Well, it depends on the kind of good deed," replied Uncle Rabbit. "I would like to know the kind of good deed you did."

Bull said, "Well, I was passing along, and Tigre was lying under a branch, rather hurt. He could not move. I saw his trouble and I felt sorry for him. I put my horns under the branch and picked it up. But as soon as he was free, he wanted to eat me. I asked him how that could be. So we have been looking for three testimonies to see what kind of payment he owed me. Some have said that a bad deed repays a good deed. It is your turn: tell us how Tigre can repay me."

"I don't understand," said Uncle Rabbit.

"Tío Conejo, it is very clear," Tiger said, and again he told the story of what had happened."

"I don't understand," Rabbit repeated. "I think I need to know exactly where Tigre was so I can decide."

So they went to where Tiger had been. When they arrived at the fallen branch, Uncle Rabbit said, "I do not understand. I still cannot see how it happened. Tigre, could you show me how you were under the branch?"

Bull put his horns under the branch and picked it up. Tiger slid under the branch.

Then Uncle Rabbit said to Bull, "Let the branch fall!"

The branch trapped Tiger again.

Uncle Rabbit said to Bull, "Now leave him there for being ungrateful. And be careful to whom you give favors."

Then Uncle Rabbit went his way. Bull went along, free from Tiger, and there Tiger stayed, roaring in anger.

El tío Conejo y el tío Tigre

Cuento folklórico de Nicaragua

Empecé a fijarme en los cuentos del tío Conejo cuando estuve en una convención de cuentacuentos en Guadalajara, México. Los cuentacuentos allí reunidos eran de Venezuela, Argentina, Brasil, Nicaragua, Puerto Rico y Cuba—y casi todos contaban cuentos del tío Conejo. Uno contaba un cuento sobre el tío y el león, otro contaba un cuento sobre el tío y el tigre, y otro contaba un cuento sobre el tío y la culebra. En todos ellos el tío les ganaba en astucia a los otros animales. A veces lo hacía para conseguir algo—orejas grandes, una piedra mágica—pero de vez en cuando, lo hacía para ayudar a alguien.

Un día el tigre iba de camino, cuando de repente empezó a soplar un gran viento. El viento tumbó una rama y ésta cayó justo encima del tigre. Este estaba tirado allí, atrapado, con dolor por todo el cuerpo. Quedó tendido allí por un buen rato hasta que finalmente llegó el tío Toro.

"Tío, ¡por favor ayúdame!" exclamó el tigre. "No puedo salirme de debajo de estas ramas".

"No, no, tigre", dijo el toro. "Tú eres malo y vas a comerme".

"Por favor, tío Toro, te prometo ser bueno. Nunca voy a comerte".

El toro empezó a alejarse, diciéndose a sí mismo: "No, no, es muy peligroso".

El tigre empezó a gemir y a llorar. "Tío, si no me ayudas voy a morir. ¡Por favor, por favor!"

Bueno, el toro tenía buen corazón y le dolía oír al tigre llorar de esa manera. Volvió adonde estaba el tigre y dijo: "Bueno, ¿me prometes que no vas a comerme?"

"Oh, sí, tío Toro—por favor, ¡sólo sácame de aquí!"

Así que el toro, por la bondad de su corazón, se acercó a la rama. "Voy a levantar la rama", dijo, "y cuando lo haga, escúrrete por debajo de ella".

En el momento en que el tigre salió se le olvidó la promesa. *¡Ahora me lo comeré!* pensó para sí.

Con sus afilados colmillos empezó a atacar al toro.

El toro estaba angustiado. "¿Cómo puede ser que después de que te salvé de la rama me vayas a comer?" dijo.

"Es que tengo mucha hambre", replicó el tigre. "Esto es lo que vamos a hacer. No te comeré bajo una condición".

"¿Y cuál es?" preguntó el toro, buscando salir de su situación.

El tigre dijo: "Vamos a pedir tres testimonios diferentes. Vamos a ver si caen a tu favor o a mi favor".

"De acuerdo", dijo el toro.

El tigre y el toro se fueron caminando por el bosque. Pronto se encontraron con un viejo buey que apenas podía caminar.

"¡Tío Buey!" le dijo el tigre al buey. "¿Cómo se paga una buena obra?"

"Con una mala obra, tío Tigre", respondió el viejo buey.

"¿Cómo puede ser eso?" preguntó el asustado toro.

"Bueno, mírenme a mí. Yo una vez serví a mi amo con toda mi fuerza. Pero cuando me puse viejo e inútil y pasaron mis mejores días, me tiró a las llanuras para que me muriera de hambre y sed".

"Bien", dijo el tigre. "Una a favor mío".

Mientras caminaban, el toro estaba muy, pero que muy asustado y angustiado.

Pronto se encontraron con un caballo viejo y sin dientes. El toro preguntó: "Tío Caballo, ¿cómo se paga una buena obra?"

"Con una mala obra", dijo el caballo, mirándolos con ojos llorosos cubiertos de moscas.

"Pero, ¿cómo puedes decir eso?" dijo el toro.

"Bueno, ¡mírenme a mí! Miren lo que hizo mi amo después que me vio flaco y calvo. Me soltó en el bosque para que me muriera de hambre. ¡Después que me pasaba yo todas las noches esperándolo afuera de una cantina! Todas las noches se iba a beber y me dejaba en la puerta esperándolo hasta que lo echaban. Entonces se montaba encima de mí y yo lo llevaba hasta la casa. Cada noche era la misma cosa. ¡Ahora mírenme aquí en el bosque!"

"Eso es terrible", dijo el toro, pensando: *Otra más para el tigre. Ahora sólo me queda una antes de que esta bestia me coma.*

Bueno, continuaron viajando y de repente allí apareció el tío Conejo. Se apareció simplemente de la nada.

"¡Ahí viene el tío Conejo!" dijeron los dos con gozo. Cada uno pensó que el conejo se pondría de su parte.

"Tío Conejo, ¿cómo se paga una buena obra?" preguntó el toro.

"Bueno, depende de qué tipo de buena obra sea", replicó el tío Conejo. "Me gustaría saber qué tipo de buena obra hiciste".

El toro dijo: "Bueno, yo iba de paso y el tigre estaba tirado debajo de una rama, bastante lastimado. No podía moverse. Vi su apuro y sentí pena por él. Puse mis cuernos debajo de la rama y la levanté. Pero tan pronto como quedó libre, me quiso comer. Le pregunté que cómo podía ser eso. Así que hemos estado buscando tres testimonios para ver qué tipo de pago me debe. Algunos han dicho que se paga una buena obra con una mala obra. Es tu turno: dinos cómo puede pagarme el tigre".

"No entiendo", dijo el tío Conejo.

"Tío Conejo, es muy claro", dijo el tigre, y de nuevo contó la historia de lo que había pasado.

"No entiendo", repitió el conejo. "Creo que necesito saber exactamente dónde estaba el tigre para poder decidir".

Así que fueron adonde había estado el tigre. Cuando llegaron a la rama caída, el tío Conejo dijo: "No entiendo. Todavía no puedo ver cómo sucedió. Tigre, ¿me puedes mostrar cómo te encontrabas debajo de la rama?"

El toro puso sus cuernos debajo de la rama y la levantó. El tigre se escurrió por debajo de la rama.

Entonces el tío Conejo le dijo al toro: "¡Deja caer la rama!"

La rama atrapó al tigre de nuevo.

El tío Conejo le dijo al toro: "Ahora déjalo ahí por desagradecido. Y ten cuidado a quién le haces favores".

Entonces el tío Conejo se fue por su lado. El toro se fue también, libre del tigre, y allí se quedó el tigre, rugiendo de coraje.

Mujeres Fuertes
STRONG WOMEN

Blanca Flor

A Fairy Tale from Mexico

In 1985 I was staying in a little village called Barra de Navidad, in Jalisco, Mexico. I had sworn to myself that I was "on vacation" and would not tell any stories. But I could not resist. Just before I left, I went to a local school and asked if I could tell stories. The principal and teachers were very excited about the possibility and invited me to come that very day. It was a wonderful experience.

The next day I heard a knock at my hotel door. It was one of the children from the school! Several of them had tracked me down to hear more stories. So I went to the front porch, where I told stories to the children and the adults from the hotel.

One of the adults suggested I go see a lady named María Gómez de Chávez because she too loved to tell stories. She was a woman of about forty years and she very graciously invited me in for some café con leche (coffee with milk). I heard a version of this story from her.

There was once a man named Juan who loved to gamble and dance. He was very good at dancing—and terrible at gambling. One day he was coming home, mumbling to himself after having lost everything. Then he spoke aloud: "I would give anything to be able to win when I gamble."

Just then a man on a fine black horse appeared in front of Juan. He said, "I am the Diablo. Tell me what you want."

Juan looked up at him and smiled and said, "I would like a little bit of money and a lot of good luck."

The Diablo said, "Fine. You shall have all the luck you want, but in five years you must come and find me at my *hacienda* and follow three commands."

Juan agreed and the Diablo rode away.

Well, Juan had the Devil's luck. No matter what he touched, it turned to gold. In five years, he had land, money and animals.

After Juan's five years of good luck, he realized to his sorrow that it was time for him to go find the Diablo's *hacienda*. He knew if the Devil had to come looking for him, it would not be good for him. He did not want to make the Diablo mad at him.

He set off on his search. He asked many people for directions to the Diablo's hacienda. Finally he came to a big ranch. *Could this be the Diablo's hacienda?* he wondered.

But instead of the Diablo, an old man came out of his house, holding a drum, and greeted Juan.

Juan said, "Do you know where I could find the Diablo's *hacienda?*"

The old man was silent for a long time, thinking. Then he said, "Hmmmm. I have lived in this forest for three hundred years and I have never heard of a place like that. However, I am the king of the birds. Maybe one of them will know of the Diablo's *hacienda*. I will call them."

Whereupon he drummed his drum three times, slowly and loudly, to call all the birds to him. All the birds of every size and wing span came to the old man except the eagle. The old man drummed again louder than before. He drummed again and again. Finally the eagle appeared. "Master," he said, "I would have returned sooner but I was far away at the Diablo's *hacienda*."

"Ah," the old man remarked to Juan, "this bird indeed does know of the Diablo's *hacienda*. Eagle, tomorrow you will take this young man to that place."

The next morning, Juan climbed onto the eagle's back and they flew across the sky to the *hacienda*. They landed a little distance from the Devil's home.

The eagle said, "See that pond close to the home? In a little while three beautiful doves will come to that water. They are not really birds, though; they are the Devil's daughters. When the first two women take off their wings to sun, do not bother them. But when the third daughter, Blanca Flor, arrives, you must talk to her."

Juan said, "What should I say to her?"

The eagle said, "You will know." And with that he flew away.

Juan watched the first two doves, which were gray and white, land gracefully near the pond. He watched as they took off their wings and changed into young women—the Diablo's daughters. Indeed they were lovely, but as instructed, he did not talk to them. Then the third daughter came to the pond in the form of a beautiful white dove.

Juan had never seen a woman so lovely. She began to move around and her wings and feathers fell from her. She continued to dance in front of the pond. Juan walked toward her as though hypnotized. He began to move to her movements. She did not see him because she had her eyes closed. Finally he said, "May I dance with you?"

She opened her eyes in surprise. She could see he was moving perfectly to her movements. She thought for a moment and then she said, "Yes."

He moved closer and began to dance with her, twirling and dipping and laughing. Then they sat and talked for a long time. He told her about his good luck and his country. She said her name was Blanca Flor, which means "white flower," and she told him what it was like to live in the land of the Diablo. By the evening she said, "I will help you with my papa, the Diablo."

Blanca Flor told Juan what he must do. "Do not take anything my father offers you," she said, "not a bed nor food nor anything else. My father will not know I am helping you. I am supposed to be locked in my room with seven locks on the door. My papa, the Diablo, and my mama, the Diabla, do not know that I can open the locks. I hold each of the locks in between my two hands, and my magical powers open them."

The next morning Juan went to the Diablo's house and knocked on the door. The Diablo answered and said, "Welcome. It is you. Good, you can stay with us!"

Juan remembered what Blanca Flor had told him. He said, "Oh no, señor, I will stay at the little house by the stable. *Muchas gracias.*"

"Well, if you will not stay with us, at least you can come in and eat with us."

"Oh, no," said Juan. "I will eat my dry stale tortillas."

"Then you had better rest," said the Diablo. "In three days I will come to you with my first command."

Juan went back to the little house by the stable. Blanca Flor had escaped her seven locks and gone to the cottage to wait for him. They talked and danced and fell very much in love.

On the third night, the Diablo came to Juan and said, "I have come with my first command. Do you see that mountain over there? I want you to move that mountain from one side of the *hacienda* to the other."

Juan said, *"Sí, señor.* I will move it."

But when he returned to Blanca Flor, Juan said, "I cannot do that! I am not a magician."

"Ah, but I *am* a magician!" said Blanca Flor. She went out and pointed to the mountain and, as she lifted her finger, the mountain lifted also. She lifted the mountain up the side of the *hacienda,* over the roof of the *hacienda,* down the other side of the *hacienda,* gently.

The next morning the Diablo saw the mountain and was very surprised to see the mountain moved. He called out to his wife, "He did it."

She came and looked at the mountain and said, "If I did not know our daughter, Blanca Flor, was locked in her room with seven locks, I would say this is her work."

That night the Diablo went to Juan and said, "I have come with my second command. Do you see that lagoon over there? I want you to fill the empty lagoon with fishes."

"Oh, *sí, señor,*" said Juan. "Yes, sir."

Juan went running to Blanca Flor. He told her what the Diablo wanted and he wailed, "It's impossible. I don't have enough time."

"It *is* possible, my love," replied Blanca Flor. "I have the time and I have the power."

She began to point at the lagoon. Everywhere she pointed fishes of all sizes and colors appeared.

The next morning the Diablo could not believe his eyes when he saw the lagoon.

He called to his wife. "Wife, he did it again."

The Devil's wife looked at the lagoon and said, "If I didn't trust my locks so much, I would say that this is the work of Blanca Flor."

That night the Diablo went to Juan and said, "Do you see the black horse by the stable? That horse has never known a saddle, spurs, or a bridle; he has never been tamed. I want you to tame that horse by tomorrow."

"Oh, yes, I will do it!" Juan said. He was very excited because as well as being the best dancer in the country, he was also the best horseman.

He said to Blanca Flor, "I can do this without your help."

"No," said Blanca Flor. "No, you need my help. The horse will not be an ordinary horse—it will be my father. This is what you must do. When you go to the stable, there will be spurs, a saddle, and a bridle on some hooks. Throw the spurs away for they will be my sisters. Do not touch the saddle for that will be my mother, and be very gentle with the bridle for that will be me."

Juan did exactly as Blanca Flor told him. He used only the bridle and mounted the horse bareback. Oh, that horse tried every Devil's trick, but it did not matter because finally Juan tamed the horse. He took it back to the stable.

Blanca Flor said, "My father will be very angry that he lost you. We must escape!"

She went through the seven locks to her room as only she knew how to do. She took a few belongings and as she left she spat on the floor three times. She and Juan then took her horse and rode away as fast as they could.

The Devil's wife was very suspicious. She went to Blanca Flor's door and knocked. "Blanca Flor," she called out.

The spittle answered loudly, "Yes!"

The Devil's wife left but she was still suspicious. She returned and again she called out, "Blanca Flor!"

Again the spittle answered. This time the voice was much softer. "Yes."

The Devil's wife left but she knew in her bones that there was something wrong.

She went back a third time and called, "Blanca Flor!"

The spittle had dried so there was no answer.

The Diabla went through the seven locks and did not find Blanca Flor. She ran to the Diablo and said, "It *was* Blanca Flor helping him." They looked around the *hacienda* but could not find them.

The Diabla said, "Quickly, we must go after them."

They got on their horses and began to follow Blanca Flor and Juan. The Diablos were riding very fast and beginning to catch up because Blanca Flor and Juan were only on one horse.

Blanca Flor looked back and saw the Diablos coming after them. She reached into her bag and pulled out a hairbrush. She threw the brush over her shoulder. When it touched the ground, it turned into a huge thorn bush. The Diablos had to fight long and hard to get through that thorny bush.

They began to chase Blanca Flor and Juan again. When they had almost caught up with them, Blanca Flor reached into her bag and pulled out some seeds. She kissed the seeds and then threw them over her shoulder. The seeds turned into a thick forest. The trees were so close together that the horses could not get through. The Diablos dismounted and fought their way through the thick growth.

Again the Diablos had almost reached them. Blanca Flor reached into her bag and pulled out a looking glass. She threw the looking glass over her shoulder, and when it touched the ground, it turned into a huge lake.

The Diablos stopped and argued. The wife wanted to continue following them, but the Diablo said, "We are too tired. We will get in the middle of this huge lake and we will drown. No, it is better to turn back."

Finally they went back to the Diablo's *hacienda*.

Juan and Blanca Flor sat on the other side of the lake. Juan said, "My village is not far from here. I will go home and tell them of you, and then I will return to take you to meet them."

"That will be good," said Blanca Flor. "But do not embrace anyone. If you do, you will no longer remember me. That is the way of my land."

Juan went to his village. He kept his promise and kept everyone at arm's length—that is, until he saw his grandmother. She held out her thin arms to him. He forgot his promise and embraced her. He remembered Blanca Flor no more.

Three days later, there was a grand *fiesta* in honor of his return. At the *fiesta*, Juan noticed a beautiful woman walking through the crowd with a silver tray. On the tray were two doves. She stopped in front of Juan and said, "Ah, *palomas*, tell the story of the Diablo's *hacienda* and the promise forgotten."

After all gathered had heard the story, Juan looked at her and said, "I do not remember you."

She smiled and said, "Will you do me a favor and dance with me?" As they began to dance, he leaned back and looked at her. He said, "I remember you! You are Blanca Flor. No ones dances like you do. No one fits in my arms as you do."

Juan and Blanca Flor married and were quite happy. But you know, Juan didn't gamble much after that.

Glossary

•Diablo: the Devil (m.)

•Diabla: the Devil's wife

• *fiesta:* party, feast

• *hacienda:* estate

• *muchas gracias:* thank you very much

• *palomas:* doves

• *sí, señor:* yes, sir

Blanca Flor

Cuento de hadas de México

En 1985 yo estaba de visita en un pueblito llamado Barra de Navidad, en Jalisco, México. Me había jurado a mí misma que estaba "de vacaciones" y que no contaría ningún cuento. Pero no pude resistirme. Justo antes de marcharme, fui a una escuela local y pregunté que si podía contar cuentos. La principal y las maestras se entusiasmaron mucho con esa posibilidad y me invitaron a ir ese mismo día. Fue una experiencia maravillosa.

Al día siguiente, oí un toquecito en la puerta de mi cuarto en el hotel. ¡Era uno de los niños de la escuela! Algunos de ellos me habían localizado para oír más cuentos. Así que fui al balcón del frente, donde les conté cuentos a los niños y a los adultos del hotel.

Uno de los adultos sugirió que fuera a ver a una señora que se llamaba María Gómez de Chávez porque a ella también le encantaba contar cuentos. Era una mujer de unos cuarenta años y muy amablemente me invitó a tomar café con leche. De ella oí una versión de este cuento.

Había una vez un hombre llamado Juan a quien le encantaban las apuestas y el baile. Era muy buen bailarín—y un terrible jugador. Una vez regresaba a su casa, refunfuñando solo después de haberlo perdido todo.

Entonces dijo en voz alta: "Daría cualquier cosa por poder ganar cuando apuesto".

Justo en ese momento un hombre montado en un magnífico caballo negro apareció frente a Juan. Dijo: "Soy el Diablo. Dime lo que quieres".

Juan lo miró y sonrió y dijo: "Quisiera un poco de dinero y un montón de buena suerte".

El diablo dijo: "De acuerdo. Tendrás toda la suerte que quieras, pero en cinco años tienes que ir y encontrarte conmigo en mi hacienda y cumplir tres mandatos".

Juan estuvo de acuerdo y el diablo se fue galopando.

Bueno, Juan tuvo la suerte del diablo. No importaba lo que tocara, se convertía en oro. En cinco años, tenía tierras, dinero y animales.

Al cabo de los cinco años de suerte que tuvo Juan, éste se dio cuenta, para su pesar, que era hora de ir a buscar la hacienda del diablo. Sabía que si el diablo tenía que venir a buscarlo, no le iría bien. No quería enfurecer al diablo.

Se marchó en su búsqueda. Le pidió a mucha gente direcciones para llegar a la hacienda del diablo. Finalmente llegó a un gran rancho. *¿Podría ser ésta la hacienda del diablo?* se preguntó.

Pero en vez del diablo, un viejito salió de la casa, tambor en mano, y saludó a Juan.

Juan dijo: "¿Ud. sabe dónde puedo encontrar la hacienda del diablo?"

El viejito se quedó callado por largo rato, pensando. Entonces dijo: "Ummmm. He vivido en este bosque por trescientos años y nunca he oído de un sitio como ése. Sin embargo, yo soy el rey de los pájaros. Tal vez alguno de ellos sepa de la hacienda del diablo. Voy a llamarlos".

Acto seguido tocó el tambor tres veces, lenta y fuertemente, para hacer venir a los pájaros. Todos los pájaros, de cuanto tamaño de cuerpo y alas había, fueron adonde estaba el viejo excepto el águila. El viejo tamborileó de nuevo, más duro que antes. Tocó el tambor una y otra vez. Finalmente apareció el águila. "Amo", dijo, "hubiera regresado antes pero estaba muy lejos en la hacienda del diablo".

"Ah," le indicó el viejito a Juan, "este pájaro sí sabe de la hacienda del diablo. Aguila, mañana llevas a este joven a ese lugar".

A la mañana siguiente, Juan se trepó en el lomo del águila y volaron cruzando el cielo hasta la hacienda. Aterrizaron a corta distancia de la casa del diablo.

El águila dijo: "¿Ves ese estanque que hay cerca de la casa? En un ratito tres hermosas palomas van a acercarse al agua. No son pájaros en realidad; son las hijas del diablo. Cuando las primeras dos mujeres se quiten las alas para asolearse, no las molestes. Pero cuando la tercera hija, Blanca Flor, llegue, tienes que hablar con ella".

Juan dijo: "¿Qué debo decirle?"

El águila dijo: "Ya sabrás". Y con eso se alejó volando.

Juan observó a las primeras dos palomas, que eran grises y blancas, descender con mucha gracia cerca del estanque. Observó mientras se quitaban las alas y se convertían en jóvenes—las hijas del diablo. Sí que eran hermosas, pero según se le había indicado, no habló con ellas. Entonces la tercera hija llegó al estanque bajo la forma de una hermosa paloma blanca.

Juan nunca había visto a una mujer tan hermosa. Ella empezó a moverse y las alas y el plumaje se le desprendieron. Siguió bailando enfrente del estanque. Juan caminó hacia ella como hipnotizado. Empezó a seguir el compás de los movimientos de ella. Ella no lo veía porque tenía los ojos cerrados. Finalmente le dijo él: "¿Puedo bailar contigo?"

Ella abrió los ojos sorprendida. Se dio cuenta que él seguía sus movimientos a la perfección. Lo pensó un momento y entonces dijo: "Sí".

El se le acercó y empezó a bailar con ella, dando vueltas e inclinándose y riéndose. Entonces se sentaron y hablaron por largo rato. El le contó de su buena suerte y de su país. Ella le dijo que se llamaba Blanca Flor y le contó sobre cómo era vivir en la tierra del diablo. Ya al anochecer, dijo: "Voy a ayudarte con lo de mi papá, el diablo".

Blanca Flor le dijo a Juan lo que tenía que hacer. "No aceptes nada de lo que te ofrezca mi padre", dijo, "ni cama ni comida ni ninguna otra cosa. Mi padre no sabrá que estoy ayudándote. Se supone que yo esté encerrada en mi cuarto con siete candados en la puerta. Mi papá, el diablo, y mi mamá, la diabla, no saben que yo sé abrir los candados. Tomo cada uno de los candados entre mis manos y con mis poderes mágicos los abro".

A la mañana siguiente Juan fue a la casa del diablo y tocó a la puerta. El diablo contestó y dijo: "Bienvenido. Eres tú. Qué bueno, ¡te puedes quedar con nosotros!"

Juan recordó lo que le había dicho Blanca Flor. Dijo: "Oh, no señor, yo me quedo en la casita que hay cerca del establo. Muchas gracias".

"Bueno, si no te quedas con nosotros, al menos entra y come con nosotros".

"Oh, no", dijo Juan. "Yo me voy a comer de mis tortillas viejas".

"Entonces mejor descansa", dijo el diablo. "En tres días iré a buscarte con mi primera orden".

Juan regresó a la casita del establo. Blanca Flor había escapado de sus siete candados y había ido a la cabaña para esperarlo. Hablaron y bailaron y se enamoraron profundamente.

A la tercera noche, el diablo fue adonde estaba Juan y le dijo: "He venido con mi primera orden. ¿Ves esa montaña allá? Quiero que muevas esa montaña de un lado de la hacienda al otro".

Juan dijo: "Sí, señor. La moveré".

Pero cuando regresó adonde estaba Blanca Flor, Juan le dijo: "¡No puedo hacer eso! No soy mago".

"Ah, ¡pero yo sí que lo soy!" dijo Blanca Flor. Salió y apuntó hacia la montaña y, cuando levantó el dedo, la montaña se levantó también. Llevó la montaña desde un lado de la hacienda, levantándola sobre la hacienda, hasta el otro lado de la hacienda, suavemente.

A la mañana siguiente el diablo vio la montaña y quedó muy sorprendido al ver que la montaña se había movido. Le dijo a su esposa: "Lo hizo".

Esta fue y miró la montaña y dijo: "Si yo no supiera que nuestra hija, Blanca Flor, estaba encerrada en su cuarto con siete candados, yo diría que esto es obra suya".

Esa noche el diablo fue adonde estaba Juan y le dijo: "He venido con mi segunda orden. ¿Ves esa laguna que hay allá? Quiero que llenes de peces esa laguna vacía".

"Oh, sí, señor", dijo Juan. "Sí, señor".

Juan fue corriendo adonde estaba Blanca Flor. Le dijo lo que quería el diablo y se lamentó: "Es imposible. No tengo suficiente tiempo".

"Sí es posible, mi amor", replicó Blanca Flor. "Tengo el tiempo y tengo los poderes".

Empezó a apuntar hacia la laguna. Adondequiera que señalaba ella aparecían peces de todos tamaños y colores.

A la mañana siguiente, el diablo no podía creer lo que veía cuando vio la laguna.

Llamó a su esposa: "Mujer, lo hizo otra vez".

La esposa del diablo vio la laguna y dijo: "Si yo no confiara tanto en mis candados, diría que esto es obra de Blanca Flor".

Esa noche el diablo fue adonde estaba Juan y le dijo: "¿Ves el caballo negro que hay cerca del establo? Ese caballo nunca ha conocido silla de montar, espuelas o brida; nunca ha sido amansado. Quiero que amanses ese caballo para mañana".

"Oh, sí, ¡lo haré!" dijo Juan. Estaba muy entusiasmado porque además de ser el mejor bailarín del país, también era el mejor jinete.

Le dijo a Blanca Flor: "Puedo hacer esto sin tu ayuda".

"No", dijo Blanca Flor. "No, necesitas mi ayuda. El caballo no va a ser un caballo común y corriente—va a ser mi padre. Esto es lo que tienes que hacer. Cuando vayas al establo, allí habrá espuelas, una silla y una brida con algunos ganchos. Tira a un lado las espuelas porque ésas serán mis hermanas. No toques la silla porque ésa será mi madre y sé muy gentil con la brida porque ésa seré yo".

Juan hizo exactamente lo que le dijo Blanca Flor. Usó sólo la brida y montó el caballo sin silla. Ay, ese caballo intentó todos los trucos del diablo, pero no importó porque al final Juan amansó el caballo. Lo llevó de regreso al establo.

Blanca Flor dijo: "Mi padre estará muy enojado porque te perdió. ¡Tenemos que escapar!"

Se ocupó de los siete candados de su cuarto como sólo ella sabía hacerlo. Tomó unas cuantas pertenencias y al marcharse escupió en el suelo tres veces. Ella y Juan se llevaron el caballo y se alejaron al galope lo más rápido que pudieron.

La esposa del diablo tenía muchas sospechas. Fue a la puerta de Blanca Flor y tocó. "Blanca Flor", exclamó.

El escupitajo contestó con fuerza: "¡Sí!"

La esposa del diablo se fue pero todavía sospechaba. Regresó de nuevo y exclamó: "¡Blanca Flor!"

De nuevo contestó el escupitajo. Esta vez la voz era mucho más suave. "¿Sí?"

La esposa del diablo se fue pero sabía en sus entrañas que algo andaba mal.

Volvió por tercera vez y exclamó: "¡Blanca Flor!"

El escupitajo se había secado, así que no hubo respuesta.

La diabla abrió los siete candados y no encontró a Blanca Flor. Corrió adonde estaba el diablo y le dijo: "Era Blanca Flor la que lo ayudaba". Buscaron por la hacienda pero no pudieron encontrarlos.

La diabla dijo: "Rápido, tenemos que ir por ellos".

Se montaron cada uno en su caballo y empezaron a seguir a Blanca Flor y a Juan. Los diablos corrían muy rápido y estaban empezando a alcanzarlos porque Blanca Flor y Juan montaban los dos el mismo caballo.

Blanca Flor miró hacia atrás y vio a los diablos que venían detrás de ellos. Buscó en su bolso y sacó un cepillo. Lanzó el cepillo hacia atrás. Al tocar el suelo, éste se convirtió en un gran arbusto con espinas. Los diablos tuvieron que luchar largo y tendido para atravesar el arbusto espinoso.

Empezaron a perseguir a Blanca Flor y a Juan otra vez. Cuando casi los habían alcanzado, Blanca Flor buscó en su bolso y sacó algunas semillas. Besó las semillas y entonces las lanzó hacia atrás. Las semillas se convirtieron en un espeso bosque. Los árboles estaban tan cerca unos de los otros que los caballos no podían pasar. Los diablos tuvieron que desmontarse y luchar para hacerse camino a través de la espesa maleza.

Una vez más, los diablos casi los alcanzaron. Blanca Flor buscó en su bolso y sacó un espejo. Lanzó el espejo hacia atrás y cuando éste tocó suelo, se convirtió en un inmenso lago.

Los diablos se detuvieron y discutieron. La esposa quería continuar persiguiéndolos, pero el diablo dijo: "Estamos demasiado cansados. Nos vamos a meter en medio de este inmenso lago y nos vamos a ahogar. No, mejor es que regresemos".

Finalmente volvieron a la hacienda del diablo.

Juan y Blanca Flor se sentaron al otro lado del lago. Juan dijo: "Mi pueblo no queda lejos de aquí. Voy a ir a casa y a contarles de ti y entonces voy a regresar para llevarte a conocerlos".

"Así está bien", dijo Blanca Flor. "Pero no abraces a nadie. Si lo haces, ya no te acordarás de mí. Así es en mi tierra".

Juan fue a su pueblo. Cumplió su promesa y mantuvo a todos a distancia—eso es, hasta que vio a su abuelita. Ella se le acercó extendiendo sus delgados brazos. A él se le olvidó la promesa y la abrazó. No se acordó más de Blanca Flor.

Tres días después, hubo una gran fiesta en honor a su regreso. En la fiesta, Juan se fijó en una hermosa mujer que caminaba entre la muchedumbre con una bandeja de plata. En la bandeja había dos palomas. Se paró frente a Juan y dijo: "Ah, palomas, cuenten la historia de la hacienda del diablo y de la promesa olvidada".

Después de que todos los reunidos habían escuchado la historia, Juan la miró y le dijo: "No te recuerdo".

Ella sonrió y dijo: "¿Me haces el favor de bailar conmigo?" Cuando empezaron a bailar, él se inclinó hacia atrás y la miró. Dijo: "¡Me acuerdo de ti! Eres Blanca Flor. Nadie baila como tú. Nadie se acopla entre mis brazos tan bien como tú".

Juan y Blanca Flor se casaron y fueron muy felices. Pero sepan ustedes que después de eso Juan no volvió a apostar tanto.

Tía Miseria

A Folktale from Puerto Rico

This tale comes from the island of Puerto Rico. Other versions can be found in Portugal, Mexico, and Haiti. It is akin to some traditional tales set in the continental United States about outwitting Death, including "Wicked John and the Devil" and "Soldier Jack." This version is great fun to tell because of the chant: "Tía, Tía, Tía Miseria."

During the two months I lived in a mission in Yajalone, Chiapas, the church was teaching catechism for communion to about a hundred children at a time. The children were brought down from the mountains and stayed at the mission during their lessons. If I was around, I told stories to them.

"Tía Miseria" was one of the stories I frequently told. After telling that story, it never failed: as I walked around town and passed a group of children, I could hear them chanting quietly: "Tía, Tía, Tía Miseria."

Once there was an old woman known only to the people as Tía Miseria, Aunt Misery, who lived outside a small village. Tía Miseria was poor but happy. She had a garden with large vegetables, two big chickens, and most of all, she had her pear tree.

Oh, how she loved her pear tree! She would pick a pear and feel its smooth form. When she would bite into the pear, she'd sigh and say, "Ah, how delicious, how marvelous, how sweet!"

Tía Miseria was a proud woman who walked through the village with her back straight and her hair pulled back in a bun. Although she was very old, her skin was smooth except for a few wrinkles around her eyes.

But Tía Miseria had a problem with the children in the neighborhood. These children were the great-grandchildren of the ones who had named her Tía Miseria. Indeed, her life had been miserable for a long time. The children would run right through her garden, step on all of her vegetables, and taunt, "Tía, Tía, Tía Miseria."

They would climb her tree, pick some pears, and bite into them. With the juice running down the sides of their mouths, they would say, "Tía, Tía, Tía Miseria."

Poor Tía would get very upset. She would go under the tree and say to them, "Come down from my tree right now!"

But the children would just look down at her and laugh: "Tía, Tía, Tía Miseria!"

Only when the children were good and ready would they climb down the tree. Then they would run through the garden calling out, "Tía, Tía, Tía Miseria!"

Poor Tía! She had to replant her garden because the children had stepped on everything. Then she had to go look for the chickens in the bushes because the children frightened them so much. Worst of all, they were eating up her sweet, delicious pears.

One night as she was cooking supper, she heard a knock at the door. When she went to see who it was, there stood a short thin man with friendly brown eyes. He wore a straw hat. "Can I please stay the night?" the man inquired. "It is so cold outside!"

"Of course," said Tía Miseria. "Come in, come in."

Tía served him a fine meal of rice, beans, and codfish.

In the morning the man said, "Tía, I am a magician and because you have been so generous, I will give you a wish."

"A wish—let's see, what can I do? Maybe I will wish for silver; no, maybe I will wish for gold." Then she stopped and smiled a very big smile. "I know what I want. Once someone is up my tree, they can't come down until I say the magical words."

"Fine," said the magician. He said goodbye and went walking down the road.

That day the children came to the house. As usual, they ran through the garden taunting, "Tía, Tía, Tía Miseria!" They climbed the tree and picked some pears. They bit into the pears and then threw the uneaten portions at the cats and chickens. They threw the pears all over the garden.

But Tía did not react as she usually did. Instead of standing under the tree and yelling at them, she went into the kitchen and brought out a cup of coffee. She stood on the porch and drank her coffee with a big smile on her face.

The children knew something was very wrong. She never acted like this. So they did the one thing they knew would make her mad. They said, "Tía, Tía, Tía Miseria!"

But she just smiled and sipped her coffee and said, "Children, come down from the tree."

"No, we are not ready," they replied.

Finally the children were ready to come down from the pear tree. But as they tried to climb down, they found they couldn't. The magic spell was working.

"Tía, Tía, please, let us down," the children cried out to her. "It is very late."

Tía sipped her coffee, looked at the children, smiled, and said, "No!"

"Please!" they called out to her again. "Let us down! It is getting late!"

Tía was enjoying this very much. She looked at the children, took a sip of her coffee, smiled, and said, *"No!"*

Oh, the children cried, begged, and pleaded. Finally Tía went under the tree and said, "If I let you out of that tree, will you promise me never to come back?"

The children responded immediately, "Sí, yes."

So she said her magic words, "Come down, come down, come down from my tree."

The children came down the tree as fast as they could. They ran around the garden instead of through it, and they did not return.

Now Tía was very happy. Her garden was quiet, her chickens were safe, and now she had her precious pear tree to herself.

One afternoon, when she was cooking supper and thinking about what had happened, she heard a knock at the door. She thought, *Oh, my friend has returned.*

She went to the door. A man stood there, but he was not her friend. He was a tall, thin man, and when he looked into her eyes, she felt as though she were falling into a deep, dark hole. She felt a shiver come over her body and she stepped back.

The man moved toward her. He looked her in the eyes and said, "I am Death, and I have come for you!"

Tía Miseria thought quickly. "Well," she sighed, "I knew you were going to come. Before we go, though, can we pick some pears to take with us?"

"No, no," said Death. "I have a long list of people I have to get tonight. I don't have time!"

But Tía continued to talk about her pears, how wonderful and delicious they were to eat. Finally Death could see he wasn't ever going to get out of there unless he yielded. "Go and pick some pears," he said. "I want to leave."

"Me?" Tía said. "I am a little old lady. Look at you. You are tall and young—and besides, you look like you could use a pear or two."

Death was so exasperated that he said, "Fine. I will pick some pears."

So he climbed the tree and picked some pears. He picked a few here and a few there and then he was ready to climb down. But he could not go anywhere. He was caught in the magician's spell!

Oh, he called her the most terrible things you have ever heard—and probably some other things you have never heard.

"Old lady, let me down now!"

But she did not obey. She just said to him, "Throw me a pear, please."

She left him in the tree for a day, a week, a month, a year! Finally the village priest came to her. "Please let him down," he pled. "No one is coming to church because they know they are not going to die!"

Tía just shrugged her shoulders.

Then the undertaker came by. "Please let him down," he said. "I have no work and my children are hungry."

Tía looked at the undertaker and said, "Change your trade."

Finally, her very oldest friend came and spoke in a slow, halting voice. "Please ... let him down. I am very tired and I want to go ... Everything hurts me. Please ... I want to die."

Tía could not refuse the request of her oldest friend. She went under the tree and said to Death, "If I let you down, will you promise never to return for me?"

"Yes, yes," Death replied. He was tired of being in that pear tree.

She said the magic words, "Come down, come down, come down from my tree."

Death came down, leaned over her old friend, gently swooped her up in his arms, and went running down the road.

Death did keep his promise. So Tía lives on and on. And that's why some say that as long as Death keeps his promise, there will be misery in this world.

Glossary

• Tía Miseria: Aunt Misery

La tía Miseria

Cuento folklórico de Puerto Rico

Este cuento viene de la isla de Puerto Rico. Se encuentran otras versiones en Portugal y México y Haití. Es similar a algunos cuentos tradicionales de los Estados Unidos continentales en los que se trata de burlar a la muerte, incluyendo "Wicked John and the Devil" (El malvado John y el diablo) y "Soldier Jack" (El soldado Jack). Esta versión es muy divertida por su coro: "Tía, tía, tía Miseria".

Durante los dos meses que viví en una misión en Yajalone, Chiapas, la iglesia les daba catecismo para hacer la comunión a cerca de cien niños a la misma vez. A los niños los traían de las montañas y se hospedaban en la misión durante sus lecciones. Si yo andaba por allí, les contaba cuentos.

"La tía Miseria" era uno de los cuentos que contaba a menudo. Después de contar ese cuento, nunca fallaba: cuando caminaba yo por el pueblo y pasaba cerca de un grupo de niños, los oía cantando suavemente: "Tía, tía, tía Miseria".

Había una vez una vieja a quien la gente conocía simplemente como la tía Miseria, que vivía en las afueras de un pueblito. La tía Miseria era pobre pero feliz. Tenía un jardín con verduras grandes, dos pollos grandes y sobre todo, tenía su árbol de pera.

Ay, ¡cómo le fascinaba su árbol de pera! Solía arrancar una pera del árbol y palpar su suave forma. Cuando le daba un mordisco a la pera, se echaba un suspiro y decía: "¡Ay, qué deliciosa, qué maravillosa, qué dulce!"

La tía Miseria era una mujer orgullosa que caminaba por el pueblo con la espalda bien derechita y con el pelo recogido en un moño. Aunque era muy vieja, su piel era lisa, con la excepción de algunas arruguitas alrededor de los ojos.

Pero la tía Miseria tenía un problema con los niños de la vecindad. Estos niños eran los bisnietos de los que la habían apodado la tía Miseria. De hecho, su vida había sido miserable por mucho tiempo. Los niños le corrían por todo el jardín, le pisoteaban todas las verduras y se burlaban: "Tía, tía, tía Miseria".

Se trepaban al árbol, arrancaban algunas peras y las mordisqueaban. Con el jugo que se les salía chorreando por las esquinas de la boca, le decían: "Tía, tía, tía Miseria".

La pobre tía se molestaba muchísimo. Se iba bajo el árbol y les decía: "¡Bájense de mi árbol ahora mismo!"

Pero los niños simplemente la miraban y se reían: "¡Tía, tía, tía Miseria!"

Sólo cuando los niños estaban listos se bajaban del árbol. Entonces correteaban por el jardín gritando: "¡Tía, tía, tía Miseria!"

¡La pobre tía! Tenía que volver a sembrar su jardín porque los niños se lo habían pisoteado todo. Entonces tenía que ir a buscar los pollos por los arbustos porque los niños los asustaban tanto. Lo peor de todo, éstos le comían sus dulces y deliciosas peras.

Una noche cuando estaba preparando la cena, oyó que alguien tocaba a la puerta. Cuando fue a ver quién era, había allí un hombre bajito y delgado con amigables ojos color café. Llevaba puesto un sombrero de paja. "¿Puedo pasar la noche aquí, por favor?" preguntó el hombre. "¡Hace tanto frío afuera!"

"¡Pues claro!" dijo la tía Miseria. "Entre, entre".

La tía le sirvió un buen plato de arroz con habichuelas y bacalao.

Por la mañana dijo el hombre: "Tía, yo soy mago y como has sido tan generosa, te voy a conceder un deseo".

"Un deseo—a ver, ¿qué puedo hacer? Tal vez voy a pedir plata; no, tal vez voy a pedir oro". Entonces se detuvo y sonrió de oreja a oreja. "Sé lo que quiero. Una vez que alguien suba a mi árbol, que no pueda bajar hasta que yo diga las palabras mágicas".

"De acuerdo", dijo el mago. Se despidió y se fue andando por el camino.

Ese día los niños fueron a la casa. Como de costumbre, corretearon por todo el jardín burlándose: "¡Tía, tía, tía Miseria!" Se subieron al árbol y arrancaron algunas peras. Mordisquearon las peras y entonces tiraron los pedazos que no se habían comido a los gatos y los pollos. Tiraron las peras por todo el jardín.

Pero la tía no reaccionó como solía hacerlo. En vez de pararse bajo el árbol y gritarles, se fue a la cocina y de allí se trajo una taza de café. Se paró en el pórtico y se tomó el café con una gran sonrisa a flor de labios.

Los niños sabían que algo andaba muy mal. Ella nunca se comportaba así. Así que hicieron precisamente lo que ellos sabían que a ella le enfurecía. Dijeron: "¡Tía, tía, tía Miseria!"

Pero ella sólo se sonrió y sorbió su café y dijo: "Niños, bajen del árbol".

"No, no estamos listos", respondieron.

Finalmente los niños estuvieron listos para bajar del árbol de pera. Pero cuando trataron de bajar, se dieron cuenta que no podían. El hechizo mágico estaba funcionando.

"Tía, tía, por favor, déjanos bajar", le suplicaron los niños. "Es muy tarde".

La tía sorbió su café, miró a los niños, se sonrió y dijo: "¡No!"

Ay, los niños lloraron, rogaron y suplicaron. Finalmente la tía fue al pie del árbol y dijo: "Si los dejo bajar de ese árbol, ¿me prometen que nunca más volverán?"

Los niños respondieron inmediatamente: "Sí, sí".

Así que ella dijo sus palabras mágicas: "Bajen, bajen, bajen de mi árbol".

Los niños bajaron del árbol lo más rápido que pudieron. Le dieron una vuelta a la redonda al jardín, en vez de correr por el mismo medio, y no volvieron.

Ya la tía estaba muy feliz. Su jardín estaba en paz, sus pollos seguros y ahora tenía su árbol de pera para ella solita.

Una tarde, cuando estaba preparando la cena y pensando en lo que había sucedido, oyó que alguien tocaba a la puerta. Pensó: *Oh, mi amigo ha regresado.*

Fue a la puerta. Había allí un hombre, pero no era su amigo. Era un hombre alto y delgado y cuando la miró a los ojos, ella sintió como si se estuviera cayendo en un hoyo profundo y oscuro. Sintió un escalofrío que le corrió por todo el cuerpo y luego dio un paso para atrás.

El hombre se acercó a ella. La miró a los ojos y le dijo: "Soy la Muerte ¡y he venido por ti!"

La tía Miseria pensó rápidamente. "Bueno", suspiró, "yo sabía que ibas a venir. Pero antes de irnos, ¿podríamos bajar algunas peras para llevar con nosotros?"

"No, no", dijo la Muerte. "Tengo una larga lista de gente que tengo que llevarme esta noche. ¡No tengo tiempo!"

Pero la tía siguió hablando de sus peras, de qué maravillosas y deliciosas eran para comer. Finalmente, la Muerte se dio cuenta que no iba a poder salir de allí a menos que cediera. "Ve y busca algunas peras", dijo. "Quiero irme".

"¿Yo?" dijo la tía. "Soy una viejecita. Mírate tú. Eres alto y joven—y además, parece como si te hiciera falta comerte una o dos peras".

La Muerte estaba tan exasperada que dijo: "De acuerdo. Voy a bajar algunas peras".

Así que subió al árbol y arrancó algunas peras. Arrancó unas por aquí y otras por allá y entonces ya estuvo listo para bajar. Pero no podía ir para ningún lado. ¡Estaba enredado en el hechizo del mago!

Ay, le dijo las cosas más terribles que ustedes jamás hayan oído—y probablemente algunas otras cosas que ustedes nunca hayan oído.

"Vieja, ¡hazme bajar ahora mismo!"

Pero ella no obedeció. Tan sólo le dijo: "Tírame una pera, por favor".

Lo dejó en el árbol por un día, una semana, un mes, ¡un año! Finalmente el sacerdote del pueblo fue adonde estaba ella. "Por favor déjelo bajar", le suplicó. "¡Nadie va a la iglesia porque saben que no van a morirse!"

La tía tan sólo se encogió de hombros.

Entonces el enterrador pasó por allí. "Por favor déjelo bajar", dijo. "No tengo trabajo y mis hijos están hambrientos".

La tía miró al enterrador y dijo: "Cambie de oficio".

Finalmente, la amiga más vieja que tenía la tía fue y habló con la voz lenta, entrecortada. "Por favor … déjalo bajar. Estoy muy cansada y quiero irme … Todo me duele. Por favor … quiero morirme".

La tía no pudo negarse al pedido de la amiga más vieja que tenía. Se fue al pie del árbol y le dijo a la Muerte: "Si te dejo bajar, ¿me prometes que nunca más volverás por mí?"

"Sí, sí", replicó la Muerte. Estaba ya cansado de estar en ese árbol de pera.

Ella dijo las palabras mágicas: "Baja, baja, baja de mi árbol".

La Muerte bajó, se inclinó sobre la anciana amiga, tiernamente la tomó en brazos y se fue corriendo por el camino.

La Muerte sí que cumplió su promesa. Así la tía vive y pervive. Y por eso es que algunos dicen que mientras la Muerte mantenga su promesa, habrá miseria en este mundo.

The Virgin of Guadalupe

A Legend from Mexico

When I was a little girl and went to mass, I always wondered why La Virgen de Guadalupe was brown like me. I noticed that she always had many candles and flowers around her and that all of us seemed to pray to her more than to the other saints.

When I grew up I decided to learn about this saint. She is the patron saint of Mexico, and on December 12th a grand celebration is held at the Basilica of La Virgen de Guadalupe in Mexico City. The native tribes come in their full regalia and dance and sing in her honor. People come from all over the world to honor and pray to her. On any day, you can find people at the basilica praying for miracles and it is said she has granted quite a few. This is a story about a very important woman in Latin American culture.

Long ago the Aztecs worshipped many gods and goddesses. One of the goddesses was Tonantzin. She was much revered. She was the mother of corn and earth and the mother of Huitzilopochtli—the sun god, the war god, the chief of Mexico. Her temple was on the hill of Tepeyac. Everyone loved and honored her and the land was rich with corn.

Then Hernán Cortez and his soldiers came and conquered the Aztecs. They destroyed their temples and forbade the Aztecs to pray to their gods and goddesses. They insisted the Aztecs become Christians.

One of the Aztec Indians, named Juan Diego, had converted to Christianity, but he missed the gods he loved and depended upon. He did not feel at home being a Christian, though he tried to be respectful and dutifully went to church every Sunday. Although he knew he shouldn't, he always prayed, "Oh, please send us a saint who knows and loves me and my people."

On December 9, 1531, Juan was going to church. As he passed along the bottom of Tepeyac Hill, where his beloved Tonantzin's temple had once stood, he heard the sweetest music. Then he heard someone calling to him: "Juan Diego, Juan Diego."

Juan was a little frightened. Looking up, he saw a beautiful dark-skinned woman. She wore a sky blue veil and mantle, and her dress was the color of roses with delicate flowers embroidered on it. Everything shone around her, like jewels in the sun.

"Do not be afraid," she said gently. "I am the goddess you wished and prayed for. I am La Virgen de Guadalupe. Go and tell your bishop to build a church for me on this hill of Tepeyac. Tell him that La Virgen de Guadalupe will watch over all the Indians of Mexico."

Juan felt great happiness. His prayers had been answered! He replied, "Most honored one, I am your servant. Speedily I will do what you ask."

And so he journeyed to Mexico City to call on Bishop Fray Juan de Zumarraga. But with every step, he was more troubled. *Suppose the bishop cannot speak my language?* he thought. *What if he refuses to listen to my story? Worst of all, what if he does not believe my story?*

He was so afraid that he wanted to turn back. But he had given his word, and so he walked on.

Timidly he approached the entrance. The soldiers looked at his ragged clothes. "Go away, beggar!" they laughed. "Can't you see we are busy?"

Juan did not go away. He said, "I have come to see the bishop. I have an important message for him."

The soldiers laughed again. "What would a beggar have to say to the important bishop?" they said.

But Juan insisted. "I must see the bishop. It is very important."

The soldiers tried to discourage him. At last they allowed him into the palace, where he waited many hours. Many times he felt like fleeing, but he stayed. Finally the bishop appeared.

Juan told his entire story of the Virgin of Guadalupe and the church she wanted built in her honor.

The bishop patted Juan's head. "You must come back someday and tell more." Then he dismissed Juan.

All the way back to the hill of Tepeyac Juan was very sad. He knew the bishop had not believed him. He felt he had failed the virgin.

When he reached the hill of Tepeyac, he again heard the beautiful music. The virgin appeared before him. He threw himself face down upon the ground and said, "Most honored and dear lady, I have failed you. The bishop would not believe me. I am not worthy of you."

She smiled graciously. "Yes, you are worthy of this task. It is fitting you should be my messenger."

All fear left Juan Diego. He said, "Most holy Virgin, what do you wish me to do?"

"I want you to return and repeat the request that on this rock I wish to have a chapel built in my honor. Tell him everything you have seen and heard."

Immediately Juan Diego set off to Mexico City. He entered the palace and met the same rude soldiers.

"Ah, so you are here again," said the soldiers. "Didn't His Lordship send you away?"

"Yes, it is true," Juan admitted. "I must see him again, though."

The soldiers became very angry and started to yell at Juan.

Juan calmly repeated his request. "I must see the Bishop Fray Juan de Zumarraga, please."

Though the soldiers continued to berate him, Juan calmly repeated his request again and again.

The argument went on for many hours. Finally the bishop heard the commotion and came out.

The bishop recognized him. "My son, do you wish to see me?"

Juan told his story again. To the bishop's amazement, he found himself believing Juan. The bishop asked many questions. He tried to confuse Juan. Finally he was satisfied that Juan told the truth. Yet he told Juan to go and ask the virgin for a sign that she was truly the Virgin of Guadalupe.

Again Juan set off for the hill of Tepeyac. The virgin was waiting for him. Juan told her that the bishop believed him but needed a sign.

"Come back at dawn and you will receive the sign for which the bishop has asked," she replied.

But when he reached home, Juan found his uncle, who had raised him, near death with a very high fever. Juan could not let his beloved uncle die. He took care of him and did not go at dawn as he had promised the virgin. As soon as he could leave his uncle, he went to Tepeyac, feeling very badly that he had not gone when he said he would.

Juan met the Virgin of Guadalupe at the bottom of the hill. "I am sorry I did not come at dawn," he apologized, "but I have been very worried about my sick uncle."

"Do not worry, my son. Your uncle is well now," the virgin said. "Juan, go to the top of the hill and see what I have left for you to take to the bishop."

When he got to the top of the hill, Juan found a bush filled with beautiful roses. It did not matter that roses don't grow in December—especially among these barren rocks and cactus. Juan knew it was truly the sign needed to convince the bishop. Juan arranged the flowers in the folds of his *tilma*.

"Take these roses to the Bishop of Mexico," the virgin instructed. "Tell him for the third time I would like a church built here in my honor. But do not show the roses to anyone except the bishop."

When Juan arrived at the palace the soldiers said, "You again! Why do you persist in bothering the bishop?"

"I have a very important message for him. He has requested it!" said Juan.

"We know you have seen him twice—that is enough!"

"No," said Juan calmly, "it is not enough. I only ask for a third visit. Then I will not return."

And so the soldiers allowed Juan to see the bishop.

Juan said, "Your Lordship, you asked for a sign. Here it is."

He opened the folds of the *tilma* and a cluster of roses fell to the ground. But the bishop did not look at the roses. Instead he stood staring in wonderment at Juan's cloak. He fell to his knees and began to pray.

"You are truly the chosen messenger!" the bishop exclaimed. He begged Juan to forgive him for not believing him and promised to do everything the virgin asked.

Juan looked at his coarsely woven *tilma*, and to his surprise he saw glistening on the cloth a beautiful picture of the Holy Virgin—exactly as she had appeared to Juan on the Hill of Tepeyac.

On December 12, the bishop went with Juan to the top of the Tepeyac hill. He said, "There will be a church built in honor of La Virgen de Guadalupe on this very hill."

Juan returned home to find his uncle had miraculously recovered from the deadly fever. His uncle described the dark-skinned, luminous woman who had appeared to him and cured him.

Juan did not remain in his village. He left to live in a little adobe house next to the chapel. He was to guard the picture, for his *tilma* now hung there for all to see.

Juan guarded the chapel for twenty years, and during that time he saw the chapel built into a larger church. Many worshipers now come to see the virgin's picture on that cloak and pray to her.

The power of the dark-skinned virgin is strongly evident in Latin American culture. Her picture is in the entrance of many homes, factories, and shops. She is always on the altars installed in the homes. All of Latin America has been dedicated to her. She is the perfect example of the blend of Spanish and Indian that can be found in art, music, stories, ritual, dance and—last but not least—the *fiesta*.

Glossary

• *tilma:* a poncho made of homespun cloth

La Virgen de Guadalupe

Leyenda de México

Cuando yo era niñita e iba a la misa, siempre me preguntaba por qué la Virgen de Guadalupe era morena como yo. Me fijaba que siempre tenía muchas candelas y flores alrededor y que todos nosotros parecíamos rezarle más a ella que a los otros santos.

Cuando crecí, decidí aprender más sobre esta santa. Es la patrona de México y el 12 de diciembre se hace una gran celebración en la Basílica de la Virgen de Guadalupe en la ciudad de México. Las tribus nativas van con sus ajuares completos y bailan y cantan en su honor. La gente llega de todas las partes del mundo a honrarla y rezarle. En cualquier día se puede ver gente en la basílica rezando por un milagro y se dice que ella ha concedido bastantes. Este es un cuento sobre una mujer muy importante en la cultura de Latinoamérica.

Hace mucho tiempo los aztecas adoraban muchos dioses y diosas. Una de las diosas era Tonantzin. Se le reverenciaba mucho. Era la madre del maíz y de la tierra y la madre de Huitzilopochtli—el dios sol, el dios de la guerra, el jefe de México. El templo de ella estaba en el cerro del Tepeyac. Todos la amaban y la honraban y la tierra era rica en maíz.

Entonces llegaron Hernán Cortez y sus soldados y conquistaron a los aztecas. Destruyeron sus templos y prohibieron a los aztecas rezar a sus dioses y diosas. Insistieron en que los aztecas se hicieran cristianos.

Uno de los indios aztecas, llamado Juan Diego, se había convertido al cristianismo pero extrañaba a los dioses que amaba y de quienes dependía. No se sentía cómodo siendo cristiano, a pesar de que trataba de ser respetuoso y de ir sin falta a la iglesia cada domingo. A pesar de que sabía que no debía hacerlo, siempre rezaba: "Oh, por favor envíanos a un santo que nos conozca y nos ame a mí y a mi gente".

El 9 de diciembre de 1531, Juan iba para la iglesia. Cuando pasaba por el pie del cerro del Tepeyac, donde había estado el templo de su adorada Tonantzin, oyó una música muy dulce. Entonces escuchó a alguien que lo llamaba: "Juan Diego, Juan Diego".

Juan tenía un poquito de miedo. Al alzar la vista, vio a una hermosa mujer morena. Llevaba un velo y un manto azul celeste y su vestido era del color de las rosas y estaba bordado con delicadas flores. Todo resplandecía a su alrededor, como joyas al sol.

"No tengas miedo", dijo ella suavemente. "Soy la diosa que tú deseaste y por la que rezaste. Soy la Virgen de Guadalupe. Ve y dile a tu obispo que construya una iglesia para mí en este cerro del Tepeyac. Dile que la Virgen de Guadalupe va a cuidar a todos los indios de México".

Juan sintió una gran felicidad. ¡Sus ruegos habían sido escuchados! Contestó: "Altísima, soy tu siervo. Rápidamente haré lo que me pides".

Y así viajó hasta la ciudad de México para hablar con el obispo Fray Juan de Zumarraga. Pero a cada paso que daba, se sentía más y más preocupado. *¿Y si el obispo no sabe hablar mi lengua?* pensó. *¿Y si se niega a escuchar mi historia? Lo peor de todo, ¿y si no cree mi historia?*

Tenía tanto miedo que quería regresar. Pero había dado su palabra, así que siguió caminando.

Con timidez se acercó a la entrada. Los soldados le vieron la ropa andrajosa. "¡Vete de aquí, mendigo!" se rieron. "¿No ves que estamos ocupados?"

Juan no se alejó. Dijo: "He venido a ver al obispo. Tengo un mensaje importante para él".

Los soldados de rieron otra vez. "¿Qué tendría que decirle un mendigo al importante obispo?" dijeron.

Pero Juan insistió. "Tengo que ver al obispo. Es muy importante".

Los soldados trataron de desanimarlo. Al final lo dejaron entrar al palacio, donde tuvo que esperar muchas horas. Muchas veces sintió ganas de huir, pero se quedó allí. Finalmente apareció el obispo.

Juan le contó la historia entera de la Virgen de Guadalupe y de la iglesia que ella quería que se construyera en su honor.

El obispo le dio una palmadita en la cabeza a Juan. "Tienes que volver algún otro día y contarme más". Entonces despidió a Juan.

Durante todo el camino de regreso al cerro del Tepeyac, Juan estuvo muy triste. Sabía que el obispo no le había creído. Sintió que le había fallado a la virgen.

Cuando llegó al cerro del Tepeyac, otra vez oyó la hermosa música. La virgen se le apareció enfrente. El se lanzó boca abajo al suelo y dijo: "Altísima y querida señora, te he fallado. El obispo no me creyó. No soy digno de ti".

Ella sonrió con gracia. "Sí, eres digno de esta encomienda. Es justo que seas mi mensajero".

Todo miedo se alejó de Juan Diego. Dijo: "Sacratísima Virgen, ¿qué quieres que haga?"

"Quiero que regreses y repitas el pedido de que en esta piedra yo quiero que se construya una capilla en mi honor. Cuéntale a él todo lo que has visto y oído".

Inmediatamente se marchó Juan Diego para la ciudad de México. Entró al palacio y se encontró con los mismos soldados descorteses.

"Ah, así que estás aquí otra vez", dijeron los soldados. "¿No te despidió Su Excelencia?"

"Sí, es cierto", admitió Juan. "Sin embargo, tengo que verlo otra vez".

Los soldados se enfurecieron y empezaron a gritarle a Juan.

Calmadamente, Juan repitió su pedido. "Tengo que ver al obispo Fray Juan de Zumarraga, por favor".

A pesar de que los soldados siguieron riñiéndole, Juan repitió con calma su pedido, una y otra vez.

La discusión duró muchas horas. Finalmente el obispo oyó el escándalo y salió.

El obispo lo reconoció. "Hijo mío, ¿deseas verme?"

Juan contó su historia de nuevo. Para asombro del mismo obispo, éste se dio cuenta de que estaba creyéndole a Juan. El obispo hizo muchas preguntas. Trató de confundir a Juan. Finalmente quedó satisfecho de que Juan decía la verdad. Aun así le dijo a Juan que fuera y le pidiera a la virgen una señal de que ella era verdaderamente la Virgen de Guadalupe.

Una vez más salió Juan para el cerro del Tepeyac. La virgen lo estaba esperando. Juan le dijo que el obispo le creyó pero que necesitaba una señal.

"Ven al amanecer y recibirás la señal que te ha pedido el obispo", replicó ella.

Pero cuando llegó a casa, Juan encontró a su tío, que lo había criado, al borde de la muerte con una fiebre muy alta. Juan no podía permitir que su adorado tío muriera. Lo cuidó y no fue al amanecer según le había prometido a la virgen. Tan pronto como pudo dejar a su tío, se fue al Tepeyac, sintiéndose muy mal de no haber ido cuando había dicho que iría.

Juan se encontró con la Virgen de Guadalupe al pie del cerro. "Siento no haber venido al amanecer", se disculpó, "pero he estado muy preocupado por mi tío enfermo".

"No te preocupes, hijo mío. Tu tío está bien ahora", dijo la virgen. "Juan, ve a la cima del cerro y mira lo que te he dejado allí para que le lleves al obispo".

Cuando llegó a la cima del cerro, Juan encontró un arbusto lleno de hermosas rosas. No importaba que no hubiera rosas en diciembre—especialmente entre piedras estériles y nopales. Juan sabía que ésa era verdaderamente la señal para convencer al obispo. Juan acomodó las flores entre los pliegues de su tilma.

"Llévale estas rosas al obispo de México", le instruyó la virgen. "Dile por tercera vez que yo quisiera que se construyera una iglesia aquí en mi honor. Pero no le muestres las rosas a nadie excepto al obispo".

Cuando Juan llegó al palacio los soldados dijeron: "¡Tú otra vez! ¿Por qué persistes en molestar al obispo?"

"Tengo un mensaje muy importante para él. ¡El lo ha pedido!" dijo Juan.

"Sabemos que lo has visto dos veces—¡eso es suficiente!"

"No", dijo Juan calmadamente, "no es suficiente. Sólo pido una tercera visita. Entonces no regresaré más".

Y así los soldados dejaron a Juan ver al obispo.

Juan dijo: "Su Excelencia, usted pidió una señal. Aquí está".

Abrió los pliegues de su tilma y un manojo de rosas cayó al suelo. Pero el obispo no miró las rosas. En vez lo que hizo fue admirar maravillado el manto de Juan. Se arrodilló y empezó a rezar.

"¡Eres verdaderamente el mensajero escogido!" exclamó el obispo. Le rogó a Juan que lo perdonara por no creerle y le prometió hacer todo lo que pidiera la virgen.

Juan miró su tilma, tejido rústicamente, y para su sorpresa vio que brillaba en la tela una hermosa imagen de la

Santísima Virgen—exactamente como se le había aparecido a Juan en el cerro del Tepeyac.

El 12 de diciembre, el obispo fue con Juan a la cima del cerro del Tepeyac. Dijo: "Se construirá una iglesia en honor a la Virgen de Guadalupe en este mismo cerro".

Juan regresó a su casa y encontró que su tío se había recuperado milagrosamente de su fiebre mortífera. Su tío describió a la mujer morena y luminosa que se le había aparecido y lo había curado.

Juan no se quedó en su pueblo. Se fue a vivir a una pequeña casa de adobe, al lado de la capilla. El custodiaba la imagen, ya que ahora su tilma colgaba allí para que todos lo vieran.

Juan custodió la capilla por veinte años y durante ese tiempo se transformó la capilla en una iglesia más grande. Muchos devotos hoy en día van a ver la imagen de la virgen y a rezarle.

El poder de la virgen morena es fuertemente evidente en la cultura latinoamericana. Su imagen está a la entrada de muchos hogares, fábricas y tiendas. Siempre está en los altares que levanta la gente en sus hogares. Toda Latinoamérica se ha dedicado a ella. Es ella el ejemplo perfecto de la mezcla de lo español y lo indio que se encuentra en el arte, la música, los cuentos, los rituales, el baile y—por último, pero no menos importante—la fiesta.

Celina and El Sombrerón

A Folktale from Mexico and Guatemala

I met a wonderful woman named Carmelita when I was in Chiapas, Mexico. One day as we were talking, she started telling me some stories about El Sombrerón, the man with the hat. When she was young, the adults used El Sombrerón to keep the children at home at night. She said, "My family said that El Sombrerón plays his guitar and sings and he makes children follow him with his music. When the children follow him, no one ever sees them again!"

One night, she said, her mother told her brother not go to out to the movies. But he really wanted to go, so he snuck out anyway. In those days there was no electricity, so it was very dark at night. The darkness frightened him so he began to light matches so he could see better. He came to a corner, and there before him was a very dark little man, with bright buttons as shiny as gold on his coat. He had a huge hat on his head.

Carmelita's brother knew it was El Sombrerón. He ran the rest of the way to the movies. He didn't enjoy them very much because he knew he had to come home through the darkness. When the show ended, he ran all the way home.

He told Carmelita and his mother about the little man. He said he would never sneak out again. After that, Carmelita said, he always stayed home at night when he was told to do so!

This next story she told me fits in with the many stories of El Sombrerón I have found over the years. In the stories, El

Sombrerón, who is a little man, falls hopelessly in love with a woman and follows her around. (Today we would call this stalking!) He makes the horses very nervous and knots up their manes. People know him as a scary, mischievous character.

Once, in a little village, there lived a woman and her daughter in a house on the corner of the street. The daughter's name was Celina. She was beautiful, with long hair and big brown eyes.

One night Celina was standing near a window looking out at the patio. Suddenly a rock came flying through the window. Celina jumped as the glass shattered.

"Mama, Mama!" she cried. "Someone threw a rock through the window!"

"Oh, it is probably the washerwoman's son," her mother replied. "He is always doing mischievous things. I will have to go talk with his mother again. Oh, what a boy! In the meantime, I will order another window."

The next day she had a new window put in, and everything was calm again.

That night Celina was again standing by the window when another rock came flying through the glass. This time she called out, "Who are you? Why are you doing this?"

But there was no answer.

The mother wondered if it had anything to do with Celina standing by the window. "Do not stand by the window anymore," she told her daughter. "Let us see what happens."

Celina stopped looking out the window, and for a while, nothing happened.

One night Celina heard guitar music outside her house, but when her mother looked out the window she could see no one. Yet someone was singing:

"Celina, Celina, eres tan hermosa,
Celina, Celina, ven conmigo.
Celina, Celina, you are so beautiful,
Celina, Celina, come with me."

Who was singing to Celina? He had a beautiful voice, deep and resonant, with a little bit of sadness in it. Celina wanted to see who he was. *With a voice like that,* she thought, *he must truly be handsome and kind.* But out in the stable, she could hear the horses stamping their hooves and whinnying nervously.

The next day, when Celina and her mother went to the horse stable, what they saw amazed them!

"Look!" said Celina. "All the manes of the horses are braided in knots so tightly that it is impossible to untie them!" Celina and her mother had to cut the knots and the manes off the horses.

Every night they heard the music outside, but they could never find anyone. Over and over, the beautiful voice called out:

"Celina, Celina, eres tan hermosa,
Celina, Celina, ven conmigo.
Celina, Celina, you are so beautiful,
Celina, Celina, come with me."

Celina felt herself being drawn to the voice. She wanted to see who it belonged to. At the same time, the voice frightened her, because no matter how hard she tried she could not see him.

In time she stopped eating. He mother would bring a wonderful dish of tacos and say, "Celina, please eat something. These are your favorite tacos."

The girl would look at the tacos and at her mother and say, "Mamá, I am not hungry."

Sometimes when she did try to eat, she would find dirt on her plate. No one knew from where it came. Once when she looked at the plate, she saw an image of a man with a huge mustache.

She began to scream, "Mama! Come and see!"

The mother ran to her daughter. But by the time she got there, there was nothing to see on the plate. At night, as Celina heard the guitar and the singing, she tossed and turned. She wanted to go out to him, but she was afraid she would never return. Soon her health began to get worse and worse.

"Have you heard that man singing at night?" the mother asked the neighbors.

They looked at her in surprise. "What man? We have heard no one singing."

The mother suspected who might be the cause of all this—El Sombrerón, the man with the hat. She took her daughter to the church and consulted with the priest. After he listened to them, he said, "It is El Sombrerón."

The priest told them what to do. "You must gather an unpainted pine table and a brand new guitar. Then you must put the table and guitar under an orange tree."

Celina and her mother did as the priest instructed, and then they waited.

That night when it was quite late, they heard the horses start to whinny and move around nervously in the stable.

The sound of the horses frightened Celina. She said to her mother, "I think it is El Sombrerón. He is coming closer."

"Do not fear," her mother said. "You know what you must do. Have strength, my daughter."

So Celina took her place by the window. The moment she did this, a rock went flying through the glass. Instead of running away as she had before, she went out of the door. She saw a little man resting on the pine table.

He picked up his guitar and started to sing to her.

> "*Celina, Celina, eres tan hermosa,*
> *Celina, Celina, ven conmigo.*
> *Celina, Celina, you are so beautiful,*
> *Celina, Celina, come with me.*"

She walked toward him until she could see him. He was a tiny, dark-skinned man with a big mustache. He wore black clothes with gold buttons and a very bright belt. His big hat almost covered him completely. He held the guitar in his hand and looked at her with very sad eyes.

Celina walked right up to him. "What do you want?" she asked.

He looked at her and said, "You know! I have sung to you every night. I want to take you away. I like your hair and big eyes."

"I will go with you. But first you must sing me a song they sing in heaven."

He did not say anything. He brought his hat over his eyes. He could not sing a song from heaven. Instead he stood up and walked away, singing a very sad song. Celina walked back toward her house, smiling. She had faced him and given him an impossible task. She knew he would never bother her again.

Celina y el Sombrerón

Cuento folklórico de México y Guatemala

Conocí a una maravillosa mujer que se llamaba Carmelita cuando estuve en Chiapas, México. Un día mientras hablábamos, empezó a contarme cuentos sobre el Sombrerón, el hombre del sombrero. Cuando ella era niña, los adultos usaban al Sombrerón para mantener a los niños en casa por la noche. Dijo: "Mi familia decía que el Sombrerón toca su guitarra y canta y hace que los niños lo sigan con su música. Cuando los niños lo siguen, ¡nunca más los vuelve a ver nadie!"

Una noche, dijo ella, su mamá le dijo a su hermano que no saliera al cine. Pero él tenía muchas ganas de ir, así que se escabulló de todas formas. En aquellos días no había electricidad, así que era muy oscuro de noche. La oscuridad lo asustó, así que empezó a prender fósforos para ver mejor. Llegó a una esquina y allí ante él había una hombrecito muy trigueño, que tenía una chaqueta con botones tan brillantes como el oro. Llevaba un enorme sombrero en la cabeza.

El hermano de Carmelita sabía que era el Sombrerón. Corrió el resto del camino hasta el cine. No disfrutó mucho de la película porque sabía que iba a tener que regresar a la casa en la oscuridad. Cuando se terminó la película, corrió todo el camino hasta la casa.

Le dijo a Carmelita y a su mamá sobre el hombrecito. Dijo que nunca más volvería a escabullirse. Después de eso, dijo Carmelita, ¡siempre se quedaba en casa por la noche cuando así se lo decían!

Este próximo cuento que ella me contó encaja bien con los muchos otros cuentos del Sombrerón que he encontrado a lo largo de los años. En los cuentos, el Sombrerón, que es un hombre pequeñito, se enamora desesperadamente de una mujer y la persigue por todos lados. (¡Hoy en día a eso lo llamamos acechar a alguien!) El pone nerviosos a los caballos y les hace nudos en las melenas. La gente lo conoce como un personaje que da miedo y que es travieso.

Una vez, en un pueblecito, vivían una mujer y su hija en una casa que quedaba en la esquina de la calle. La hija se llamaba Celina. Era hermosa, con el pelo largo y grandes ojos café.

Una noche, Celina estaba parada cerca de una ventana, mirando al patio. De repente entró una piedra disparada por la ventana. Celina dio un salto cuando el vidrio se rompió.

"¡Mamá, mamá!" gritó. "¡Alguien tiró una piedra por la ventana!"

"Oh, es probable que sea el hijo de la lavandera", replicó su madre. "Siempre anda haciendo travesuras. Voy a tener que hablar con su mamá otra vez. Ay, ¡qué niño! Mientras tanto, voy a encargar otra ventana".

Al día siguiente le pusieron una nueva ventana y todo estuvo en calma de nuevo.

Esa noche Celina estaba otra vez parada cerca de la ventana cuando otra piedra entró disparada atravesando el vidrio. Esta vez exclamó: "¿Quién es? ¿Por qué hace esto?"

Pero no hubo respuesta.

La mamá se preguntó si tenía algo que ver con que Celina estuviera parada cerca de la ventana. "Ya no te pares más cerca de la ventana", le dijo a su hija. "Vamos a ver lo que pasa".

Celina no volvió a asomarse por la ventana, y por un tiempo, no sucedió nada.

Una noche Celina oyó música de guitarra afuera de su casa, pero cuando su mamá se asomó por la ventana no pudo ver a nadie. Aun así, alguien cantaba:

"Celina, Celina eres tan hermosa
Celina, Celina, ven conmigo".

¿Quién le estaría cantando a Celina? Tenía una hermosa voz, profunda y resonante, con un poquito de tristeza. Celina quería ver quién era. *Con una voz como ésa,* pensó ella, *tiene que ser alguien verdaderamente guapo y bondadoso.* Pero allá afuera en el establo, podía oír a los caballos brincando recio y relinchando nerviosamente.

Al día siguiente, cuando Celina y su mamá fueron al establo de los caballos, ¡lo que vieron las dejó asombradas!

"¡Mira!" dijo Celina. "Todas las melenas de los caballos están trenzadas con nudos tan apretados ¡que es imposible desenredarlos!" Celina y su mamá tuvieron que cortarles los nudos y las melenas a los caballos.

Todas las noches oían la música que venía de afuera, pero nunca podían encontrar a nadie. Una y otra vez, la hermosa voz exclamaba:

"Celina, Celina eres tan hermosa
Celina, Celina, ven conmigo".

Celina se sentía atraída hacia la voz. Quería ver a quién le pertenecía. A la misma vez, la voz la asustaba, porque no importaba cuánto lo intentaba, no podía ver al hombre.

Con el tiempo dejó de comer. Su mamá le traía un maravilloso plato con tacos y decía: "Celina, por favor come algo. Estos son tus tacos favoritos".

La muchacha miraba los tacos y luego a su mamá y decía: "Mamá, no tengo hambre".

A veces cuando sí intentaba comer, encontraba tierra en el plato. Nadie sabía de dónde venía. Una vez cuando miró el plato, vio la imagen de un hombre con un bigote enorme.

Empezó a gritar: "¡Mamá! ¡Ven y mira!"

La mamá corrió adonde estaba su hija. Pero cuando llegó, ya no se veía nada en el plato. Por la noche, cuando Celina oía la guitarra y el canto, daba vueltas y vueltas en la cama. Quería salir adonde estaba él, pero tenía miedo de nunca regresar. Pronto se puso peor y peor de salud.

"¿Han oído ustedes a ese hombre que canta de noche?" les preguntó la madre a los vecinos.

La miraron con sorpresa. "¿Qué hombre? No hemos oído cantar a nadie".

La madre se sospechaba quién podría ser el causante de todo esto—el Sombrerón, el hombre del sombrero. Llevó a su hija a la iglesia y consultó con el cura. Después que éste las escuchó, dijo: "Es el Sombrerón".

El cura les dijo qué debían hacer. "Tienen que reunir una mesa de pino sin pintar y una guitarra nueva. Entonces tienen que poner la mesa y la guitarra debajo de un árbol de naranja".

Celina y su mamá hicieron lo que el cura les indicó y entonces esperaron.

Esa noche cuando ya era bastante tarde, oyeron a los caballos cuando empezaron a relinchar y a moverse nerviosamente por el establo.

El sonido de los caballos asustó a Celina. Le dijo a su mamá: "Creo que es el Sombrerón. Se está acercando".

"No temas", dijo su mamá. "Sabes lo que tienes que hacer. Sé fuerte, hija mía".

Así que Celina tomó su puesto en la ventana. En el momento en que hizo esto, una piedra entró disparada atravesando el cristal. En vez de alejarse corriendo como lo había hecho antes, salió a la puerta. Vio a un hombrecito que descansaba en la mesa de pino.

Este tomó su guitarra y empezó a cantarle.

"Celina, Celina eres tan hermosa
Celina, Celina, ven conmigo".

Ella caminó hacia él hasta que pudo verlo. Era un hombrecito trigueño y de un bigote grande. Llevaba ropa negra con botones de oro y un cinturón muy brillante. Su gran sombrero le cubría el cuerpo casi por completo. Sostenía la guitarra con su mano y la miraba a ella con ojos muy tristes.

Celina caminó derechito hasta él. "¿Qué quieres?" le preguntó.

El la miró y le dijo: "¡Tú sabes! Te he cantado cada noche. Quiero llevarte conmigo. Me gustan tu pelo y tus ojos grandes".

"Yo iré contigo. Pero primero tienes que cantarme una canción de las que cantan en el cielo".

El no dijo nada. Se cubrió los ojos con el sombrero. No podía cantar una canción del cielo. Así que se puso de pie y se marchó caminando, cantando una canción muy triste. Celina caminó de regreso a su casa, sonriendo. Lo había confrontado y le había dado una encomienda imposible. Sabía que él nunca más la iba a molestar.

Mitos
MYTHS

The Hungry Goddess

An Aztec Myth

I found this story in El Códice Florentino by Bernardino de Sa-hagún, the priest who translated much of the Aztecs' work. El Códice Florentino, written in 1579, is a wonderful book written in script with Nahuatl (the ancient language) on one side and Spanish on the other.

Since I first encountered the story, I have found other sources, all written in prose form. Since I like audience involvement when I tell stories, I put in the "tengo hambre" segment. When I have the audience say that part, I tell them to do it like a llanto—a wail.

In this story Quetzalcoatl and Tezcatlipoca combine forces to make the earth. In much of Aztec mythology the two gods are at odds with each other, with Quetzalcoatl representing the light and Tezcatlipoca the dark. Sometimes I talk to the audience about Mother Earth and how we need to be careful what we put in her, because she will let us know when she is unhappy with us— through earthquakes, tornadoes, floods, droughts, and volcanic eruptions. Listeners of all ages seem to enjoy this story a great deal.

Once long, long ago the Aztec gods lived high up. In those days there was no sky and there was no earth. There was only water and water and water. There was water from nowhere to nowhere.

Among the gods, there lived a goddess. She was called La Diosa Hambrienta, the Hungry Goddess, because she had eyes and mouths all over her body. She had mouths and eyes at her elbows, wrists, ankles, waist—everywhere. She was always hungrily trying to see what was happening. She was always trying to eat, and she was always crying out, *"Tengo hambre, tengo hambre."*

All day long she would wail, *"Tengo hambre."*

All night long she would say, *"Tengoooo hambre!"*

Day in and day out, she called out, *"Tengo hambre."*

Finally all the gods went to the two most powerful gods of all and said, "Por favor, can't you do something? The woman is always crying. We can't sleep. We can't think! She's always saying, *'Tengo hambre.'"*

Now the two most powerful gods were Quetzalcoatl and Tezcatlipoca. The gods called Quetzalcoatl the Plumed Serpent because he wore beautifully flowing feathers of many colors and he walked with a stick carved in the shape of a serpent. He dressed in white. He wore gold hoop earrings, bells around his legs, and pearls on his sandals. He also wore a mask shaped like a bird's head called the Wind Mask. With that mask, he could blow the wind for a long distance. Thus, he was also known as the Wind God and the God of Light.

Tezcatlipoca dressed in black. He wore rattlesnake rattles around his legs. He was sometimes called the God of Smoking Mirror because he wore an obsidian mirror—made of black volcanic glass—on his foot, with which he could see everything that was happening in the world. Tezcatlipoca's other name was the God of Darkness.

Quetzalcoatl and Tezcatlipoca talked and talked. Finally they decided they would take La Diosa Hambrienta to the water; maybe the water would calm her. So they flew down to the water to see if there was anything there for the goddess to eat. Quetzalcoatl blew with his Wind Mask. He blew and blew, and the water went this way and that way. They could find nothing at all.

They flew up to La Diosa Hambrienta and carried her down to the water. On the way down, she continued to cry, *"Tengo hambre! Tengo hambre!"*

They put her on the water. She was silent. She was floating so quietly, so calmly.

The gods said, "Ah, she is now happy."

But no, she started to cry out again: *"Tengooo haaaambreee."*

Quetzalcoatl and Tezcatlipoca became quite upset. They transformed themselves into huge serpents and took hold of La Diosa Hambrienta. One god took her right hand and left foot and the other took her left hand and right foot. They started to pull and pull. But the goddess was very strong. She fought them long and hard. It was the most difficult fight the gods had ever fought. As they continued to struggle, they accidentally snapped her in half.

Quetzalcoatl and Tezcatlipoca were very surprised— and very sorry. They took the bottom half—from the waist to the feet—of La Diosa Hambrienta to the other gods and said, "Look what we have done!"

"What a shame," the other gods said. "Wait, we will use this half of the hungry woman and it shall be the sky." That is how the sky came to be.

The gods looked at the goddess's top half. "Poor thing," they said. "Look how unhappy she is. What can we do? Let us make her happy."

So they transformed her hair into the forest. Her skin became the pastures; her eyes became the lakes, the rivers and the ocean. Her mouth became the caves; her shoulders became the mountains. She became Mother Earth—the earth we live on to this day.

All the gods said, "Ah, now she will be happy!"

But no! She again started to wail, *"Tengooo haaambre, tengooo haaambre!"*

To this day La Diosa Hambrienta, Mother Earth, is still hungry and thirsty. When it rains, she swallows all the water. If a tree falls and dies, she eats it. If a flower wilts and dies, she eats it. When anything goes into the earth, she eats it. She is always hungry.

Sometimes when the wind is blowing late at night, if you listen very carefully, you might still hear her calling, *"Tengo haaambree, tengo haaambreee."*

Glossary

• La Diosa Hambrienta: The Hungry Goddess

• *por favor:* please

• *tengo hambre:* I am hungry

La diosa hambrienta

Mito azteca

Encontré este cuento en El códice florentino de Bernardino de Sahagún, el sacerdote que tradujó gran parte de la obra de los aztecas. El códice florentino, escrito en 1579, es un maravilloso libro escrito a mano, con náhuatl (la lengua antigua) en un lado y español en el otro.

Desde que encontré este cuento por primera vez, he encontrado otras fuentes, todas escritas en prosa. Como a mí me gusta la participación del público cuando hago cuentos, le añado el segmento "tengo hambre". Cuando hago que el público diga esa parte, les digo que lo hagan como un llanto.

En este cuento Quetzalcoatl y Tezcatlipoca combinan sus fuerzas para crear la tierra. En la mayoría de los mitos aztecas, los dos dioses están en oposición uno con el otro, ya que Quetzalcoatl representa la luz y Tezcatlipoca las tinieblas. A veces le hablo al público sobre la Madre Tierra y de cómo tenemos que tener cuidado con lo que le damos, porque ella nos hará saber cuando esté descontenta con nosotros—a través de terremotos, tornados, inundaciones, sequías y erupciones volcánicas. Las audiencias de todas las edades parecen disfrutar muchísimo de este cuento.

Una vez, hace mucho mucho tiempo, los dioses aztecas vivían allá en las alturas. En aquellos tiempos no había cielo y no existía la tierra. Sólo había agua y agua y agua. Había agua desde un confín al otro de la nada.

Entre los dioses vivía una diosa. La llamaban la Diosa Hambrienta porque tenía ojos y bocas por todo el cuerpo. Tenía bocas y ojos en los codos, las muñecas, los tobillos, la cintura—por todas partes. Siempre se la pasaba hambrienta, tratando de averiguar lo que sucedía. Siempre estaba tratando de comer y siempre gemía: "Tengo hambre, tengo hambre".

Todo el día se lo pasaba lamentándose: "Tengo hambre".
Toda la noche decía: "¡Tengoooo hambre!"
Un día tras otro, exclamaba: "Tengo hambre".

Finalmente todos los dioses fueron ante los dioses más poderosos de todos y dijeron: "Por favor, ¿es que no pueden hacer nada? Esta mujer siempre está llorando. No podemos dormir. ¡No podemos pensar! Siempre está diciendo: 'Tengo hambre'".

Los dos dioses más poderosos eran Quetzalcoatl y Tezcatlipoca. Los dioses llamaban a Quetzalcoatl la Serpiente Emplumada porque lucía plumas de muchos colores que flotaban hermosas y porque caminaba con un palo tallado en forma de serpiente. Se vestía de blanco. Llevaba aretes de oro, campanillas alrededor de las piernas y perlas en las sandalias. También lucía una máscara en forma de cabeza de pájaro que se llamaba la Máscara del Viento. Con esa máscara podía hacer soplar el viento a grandes distancias. También se le llamaba el Dios del Viento y el Dios de la Luz.

Tezcatlipoca se vestía de negro. Llevaba cascabeles de serpiente alrededor de las piernas. Se le conocía como el Dios del Espejo Humeante porque siempre llevaba en el pie un espejo de obsidiana—hecho de cristal volcánico negro—con el que podía ver todo lo que ocurría en el mundo. El otro nombre de Tezcatlipoca era el Dios de las Tinieblas.

Quetzalcoatl y Tezcatlipoca platicaron y platicaron. Finalmente decidieron llevar a la Diosa Hambrienta al agua;

quizá el agua la calmaría. Así que descendieron volando hasta el agua a ver si había algo allí para que la diosa comiera. Quetzacoatl sopló con su Máscara de Viento. Sopló y sopló y el agua se movió para aquí y para allá. No pudieron encontrar nada de nada.

Volaron de regreso a las alturas adonde estaba la Diosa Hambrienta y la llevaron hasta el agua. Mientras descendían, ésta seguía gimiendo: "¡Tengo hambre! ¡Tengo hambre!"

La pusieron en el agua. Permaneció en silencio. Flotaba tan calladita, tan calmada.

Los dioses dijeron: "Ah, ahora está feliz".

Pero no, comenzó otra vez a gemir y a decir: *"Tengooo haaambreee"*.

Quetzalcoatl y Tezcatlipoca se molestaron bastante. Se transformaron en serpientes enormes y agarraron a la Diosa Hambrienta. Un dios la tomó por la mano derecha y el pie izquierdo y el otro la agarró por la mano izquierda y el pie derecho. Empezaron a halarla y halarla. Pero la diosa era muy fuerte. Se resistió largo y tendido. Fue la lucha más difícil que los dioses habían tenido que sostener en su vida. Al seguir forcejeando, la partieron en dos por accidente.

Quetzalcoatl y Tezcatlipoca se quedaron muy sorprendidos—y muy arrepentidos. Llevaron la mitad de abajo—de la cintura hasta los pies—de la Diosa Hambrienta ante los otros dioses y les dijeron: "¡Miren lo que hemos hecho!"

"Qué lástima", dijeron los otros dioses. "Esperen, vamos a usar esta mitad de la mujer hambrienta para hacer el cielo". Así fue como se creó el cielo.

Los dioses observaron la mitad de arriba de la diosa. "Pobrecita", dijeron. "Miren qué infeliz está. ¿Qué podemos hacer? Vamos a hacerla feliz".

Así que transformaron su cabellera en el bosque. Su piel se convirtió en la hierba; los ojos se le convirtieron en los lagos, los ríos y el océano. Su boca se convirtió en las cuevas;

los hombros en las montañas. Se transformó en la Madre Tierra; la tierra en la que vivimos hasta el día de hoy.

Todos los dioses dijeron: "¡Ah, ahora estará feliz!"

¡Pero no! Otra vez empezó a gemir: "*¡Tengooo haaambre, tengooo haaambre!*"

Hasta el día de hoy la Diosa Hambrienta, la Madre Tierra, sigue hambrienta y sedienta. Cuando llueve, se traga toda el agua. Si un árbol cae y muere, se lo come. Si una flor se marchita y muere, se la come. Todo lo que cae en la tierra ella se lo come. Siempre tiene hambre.

A veces, cuando el viento sopla tarde en la noche, si escuchan ustedes con mucha atención, tal vez la oigan clamando: "*Tengo haaambree, tengo haaambreee*".

When the World Was Dark

An Aztec Myth

This story is part of a larger story of how the sun and moon came to be. In the full Aztec myth there were four suns before this one: the Jaguar Sun; the Wind Sun; the Rain Sun; and the Water Sun. The last sun, the sun we have now, is called the Earthquake Sun.

I love pourquoi stories that have lots of themes in them. This one has the obvious theme of how the sun and moon got into the sky, as well as the theme of why the Aztecs sacrificed—to keep the sun moving. Then it has the theme of the shadow in the moon.

There are many different stories explaining the shadow in the moon. I think such cross-cultural stories add power and universality to storytelling and stories.

Long, long ago all the gods tried to get the sun in the sky. They had tried four times before but none of them had succeeded. Each time one of them tried, the sun disappeared. The land had no sun to warm it and no moon to light it at night. All the world was black and in darkness.

All the gods came together to try to find a way to get the sun in the sky. They talked and talked. Finally one god said, "Let us send a fiery torch into the sky."

"No," said another god. "It will just go out."

Another god said, "What about sending a burning arrow into the sky?"

"No, no," said another god. "It will never even get to the sky!"

Yet another god said, "One of us must throw ourselves into a fire."

Well, they all thought it was good idea—for someone else.

Finally two gods volunteered. One god named Tecuzistecatl said, "I will do it. I am powerful. I am rich! I can do it!"

The other god to volunteer was named Nanahuatzin. "I will also do it," he said. "I am not powerful or rich, but I am honest and good. I will do it!"

The gods built a huge fire. They danced and drummed around the fire for four days and nights. When the four days had passed, the gods put feathers on Tecuzistecatl and Nanahuatzin and said, "Do not be afraid. You will soar through the air and light up the world."

All the gods arranged themselves into two lines, facing each other. Tecuzistecatl stood at the beginning of the lines. Then he walked down between the gods. He stopped in front of the fire and threw in his jewels and a bar of pure silver. Then he went back to the beginning of the line. He ran and ran toward the fire but when he got to it, he stopped. He looked around and said, "I am afraid."

He went to the beginning of the line. A second time he ran between the lines of gods, but when he got to the edge of the fire he could not go on. "Oooh," he wailed. "I am afraid!"

A third time he ran to the edge of the fire, but still he could not leap. He was too afraid.

Now it was Nanahuatzin's turn. He walked down between the gods and stopped at the edge of the fire. Because he was poor, he did not have jewels and silver to put in the fire as Tecuzistecatl had done. He took off his *sarape*, worn with use, and threw it into the fire. Then he walked back to the beginning of the two lines.

He ran down between the gods and when he got to the edge, he jumped into the fire with a shout of joy. As he did so, a large tongue of flame shot out and landed on the sky in a huge flaming ball. Tecuzistecatl was so ashamed that he too leapt into the fire, and another huge flaming sun shot into the sky.

The gods looked up and said, "Ah, this is good. Now we have *two* suns."

But the suns began to shake and wobble.

The gods called out to Falcon. "Quickly, go and see what Nanahuatzin and Tecuzistecatl want."

The Falcon went flying up to the sky and then returned to the gods. Falcon said, "Nanahuatzin said since he had to jump into the fire that he will not move until you all have done so too."

The gods were frightened. They were angry. They called out to the Morning Star, "Stop the suns!"

The Morning Star tried to shoot the suns, but the arrows just bounced away from them. Then the arrows went around the suns instead of hitting them. The suns were too powerful. They could not be stopped. When the gods realized this, they decided they too would jump into the fire so there would be a sun.

Before they jumped into the fire, one of the gods said, "Wait! Tecuzistecatl has no right to shine as bright as brave Nanahuatzin." The god picked up a long-eared rabbit and threw it at Tecuzistecatl. The rabbit went spinning across the sky and landed, flattened, against Tecuzistecatl, knocking some of the light from him. Thus Tecuzistecatl became the moon and Nanahuatzin the sun.

Then the rest of the gods leapt into the fire.

Ever since that time the fifth sun is called the Earthquake Sun. Since that time the sun and moon move across the sky.

And when the moon is full, you can see an outline of the rabbit the god threw that night.

Glossary

• *sarape:* a woolen blanket worn as an outer garment

Cuando el mundo estaba en tinieblas

Mito azteca

Este cuento forma parte de un cuento más largo sobre cómo el sol y la luna comenzaron a existir. En la totalidad del mito azteca existieron cuatro soles antes que el de hoy: el sol Jaguar; el sol Viento; el sol Lluvia; y el sol Agua. El último sol, el sol que tenemos hoy, se llama el sol Terremoto.

Me encantan los cuentos del por qué de las cosas y los que contienen muchos temas. Este contiene el obvio tema de cómo el sol y la luna llegaron al cielo, al igual que el tema de por qué los aztecas hacían sacrificios—para mantener al sol en movimiento. También contiene el tema de la sombra de la luna.

Hay muchos cuentos diferentes que explican la sombra de la luna. Creo que tales cuentos de diversas culturas le añaden poder y universalidad al arte de contar cuentos y a los cuentos.

Hace mucho, mucho tiempo todos los dioses trataron de poner el sol en el cielo. Lo habían intentado cuatro veces antes pero ninguno había tenido éxito. Cada vez que uno de ellos lo intentaba, el sol desaparecía. La tierra no tenía sol que la calentara ni luna que la alumbrara de noche. Todo el mundo estaba oscuro y en tinieblas.

Todos los dioses se juntaron para tratar de encontrar una manera de poner el sol en el cielo. Platicaron y platicaron. Finalmente dijo un dios: "Enviemos una antorcha llameante al cielo".

"No", dijo otro dios. "Va a acabar por apagarse".

Otro dios dijo: "¿Y si enviamos una flecha ardiente al cielo?"

"No, no", dijo otro dios. "¡Ni siquiera llegaría al cielo!"

Otro dios más dijo: "Uno de nosotros tiene que lanzarse a una hoguera".

Bueno, todos pensaron que era una buena idea—con tal que lo hiciera otra persona.

Finalmente dos dioses se ofrecieron de voluntarios. Un dios llamado Tecuzistecatl dijo: "Yo lo hago. Soy poderoso. ¡Soy rico! ¡Puedo hacerlo!"

El otro dios que se ofreció se llamaba Nánahuatzin. "Yo también lo hago", dijo. "No soy poderoso ni rico, pero soy honesto y bueno. ¡Yo lo haré!"

Los dioses hicieron una enorme hoguera. Bailaron y tocaron tambor alrededor de la hoguera por cuatro días y sus noches. Al cabo de los cuatro días, los dioses les pusieron plumas a Tecuzistecatl y a Nánahuatzin y les dijeron: "No tengan miedo. Ustedes van a elevarse por el aire y a alumbrar al mundo".

Todos los dioses se formaron en dos hileras, una frente a la otra. Tecuzistecatl se paró al principio de las hileras. Luego desfiló entre los dioses. Se detuvo al frente de la hoguera y tiró sus joyas y una barra de plata pura. Entonces regresó al principio de la hilera. Corrió y corrió hacia la hoguera pero cuando llegó hasta ella, se detuvo. Miró alrededor y dijo: "Tengo miedo".

Volvió al principio de la hilera. Por segunda vez corrió entre las hileras de dioses, pero cuando llegó al borde de la hoguera no pudo seguir. "¡Aaay!" aulló. "¡Tengo miedo!"

Por tercera vez corrió hasta la orilla del fuego, pero tampoco pudo saltar. Tenía demasiado de mucho miedo.

Era entonces el turno de Nánahuatzin. Desfiló entre los dioses y se detuvo a la orilla de la hoguera. Como era pobre, no tenía joyas ni plata para echar al fuego según había hecho Tecuzistecatl. Se quitó el sarape, ya viejo por el uso, y lo lanzó al fuego. Entonces regresó al principio de las dos hileras.

Corrió entre los dioses y cuando llegó al borde, saltó en la hoguera con un grito de gozo. Al hacerlo, una gran lengua de llamas salió disparada y aterrizó en el cielo como una enorme bola llameante. Tecuzistecatl sintió tanta vergüenza que él también saltó a la hoguera y otro enorme sol llameante fue disparado hacia el cielo.

Los dioses miraron hacia arriba y dijeron: "Ah, esto es bueno. Ahora tenemos dos soles".

Pero los soles empezaron a temblar y a tambalearse.

Los dioses llamaron al Halcón. "Rápido, ve y mira a ver lo que quieren Nánahuatzin y Tecuzistecatl".

El halcón emprendió vuelo hasta el cielo y entonces regresó adonde estaban los dioses. El halcón dijo: "Nánahuatzin dijo que como tuvo que saltar al fuego, no va a moverse hasta que todos ustedes hagan lo mismo".

Los dioses estaban asustados. Estaban enfurecidos. Llamaron al Lucero del Alba: "¡Detén los soles!"

El lucero del alba trató de dispararles a los soles, pero las flechas les rebotaban. Entonces las flechas empezaron a desviarse alrededor de los soles en vez de dar sobre ellos. Los soles eran demasiado poderosos. Nada podía detenerlos. Cuando los dioses se dieron cuenta de esto, decidieron ellos también lanzarse al fuego para que hubiera sol.

Antes de saltar a la hoguera, uno de los dioses dijo: "¡Aguarden! Tecuzistecatl no tiene derecho a resplandecer tanto como el valiente Nánahuatzin". El dios agarró un conejo de orejas largas y se lo lanzó a Tecuzistecatl. El conejo fue dando vueltas por el cielo y aterrizó, aplastado, sobre

Tecuzistecatl, quitándole parte de su luz. Así Tecuzistecatl se convirtió en la luna y Nánahuatzin en el sol.

Entonces el resto de los dioses se lanzaron a la hoguera.

Desde ese momento al quinto sol se le llama el sol Terremoto. Desde ese entonces el sol y la luna se mueven por el cielo. Y cuando la luna está llena, se puede ver la silueta del conejo que el dios lanzó aquella noche.

How People Came to Be

A Story from the Mayan People of Guatemala

This story, from the Popol Vuh, comes from the oral tradition of the ancient Maya of Guatemala. The Popol Vuh was first written in Quiché Maya. It was translated by Father Francisco Ximénez, from the order of Santo Domingo after the Spanish Conquest of Mexico. This translation lay forgotten in a Santo Domingo convent until 1830, when it went to the Universidad of Guatemala. In 1854 Dr. Carl Scherzer found it on a trip to Guatemala and published it three years later. Then Charles Étienne Brasseur de Bourbourg found the Popol Vuh and translated it into French in 1861. It was Brasseur de Bourbourg who gave the collection the name of Popol Vuh. Since that time these powerful stories from a long-ago time have been translated into several languages.

In the beginning, there was calm. Silence. Everything was motionless. The expanse of sky was unmoving. There was neither man, animals, birds, fishes, trees, stones, caves, grasses nor mountains, only the sky and a standing calm water. Nothing existed, yet all was tranquil.

The creators Tepeu and Gucumatz came together. They sat under beautiful green and blue feathers surrounded by light. They agreed to unite their words and thoughts. They determined there must be more. Thus they arranged in darkness by the Heart of Heaven Huracán. These three are part of the Heart of Heaven Huracán: the first is called Caculhá Huracán, the second is Chipi-Caculhá, the third is Raxa-Caculhá.

Then Tepeu and Gucumatz spoke: "Let the emptiness be filled. Let the water recede. Let the earth appear and become solid. Let it be done!

"Earth!" they said in unison, and instantly it was made. The mountains grew, the valleys formed, the currents of water flowed, and high mountains separated the water when they appeared. Groves of forest appeared, as did the deserts. So it was that the earth was formed. "Our work, our creation shall be finished," they cried.

Then they made the small animals—the guardians of the woods—the deer, the birds, pumas, jaguars, serpents, snakes, vipers. Tepeu and Gucumatz told each of the animals where they were to live.

They spoke to the deer. "You shall sleep in the fields by the riverbank and the ravines. You all will walk on four feet"—and it was done. They assigned homes to the birds large and small: "You shall sleep in the trees and the vines!" They spoke to each animal and gave each a place. All went seeking their homes and nests.

When the gods had created the birds and the four-footed animals, they commanded, "Speak in your own voice."

So it was said to all the animals—large and small. So it was said to the deer, the birds, the jaguars, the serpents.

"Speak then, praise us, your mother, your father, invoke then Tepeu, Gucumatz, Caculhá Huracán, Chipi-Caculhá, Raxa-Caculhá, Heart of Heaven, Heart of Earth, Creator the Maker—speak, let your praise fall upon us, invoke us, adore us."

But the creations could not speak like men. They growled, screamed, cackled, and hissed. None were able to make words.

The gods cried out, "They cannot speak and praise us and adore us. It is impossible for these creatures to say our names."

Thus they spoke to their creations, "Because you cannot speak, we have changed our minds. You shall be changed: you shall still have your food and your homes, but there shall be others to adore us. We shall make other beings who are obedient." Because they could not speak, the animals were condemned to be killed and eaten.

The creators said, "Let us try again. We must do this before dawn!" They took yellow mud, black mud, white mud, and red mud, and out of the mud they made people. But the mud melted. It was soft and had no strength. The mud people spoke, but they had neither minds nor souls. The gods cried out, "These mud people cannot praise us, they cannot honor us. We will put an end to them." They destroyed their work by smashing the mud people flat.

The gods took wood sticks to Ixpiyacoc, grandfather of the day, and Chiracán Xmucané, grandmother of the dawn. "Can these sticks become man and talk and think? Will they be able to worship us?" the gods asked the soothsayers.

They all went into council. The soothsayers cast grains of *tzité* and corn. "Thou corn, thou *tzité*, get together, talk to each other. Fate! Creature!" they said to the corn. "Say if it is well that the wood sticks be made into men." They called out to the *tzité*, "Heart of Heaven, do not punish Tepeu and Gucumatz!"

The old man and the old woman looked at the pattern of the *tzité* and corn. Smiling, they said, "Your figures of wood shall come out well. They shall speak and walk."

"So may it be," said the gods, and instantly the figures were men.

They existed and multiplied. They acted like man. They talked like man. The wooden figures had daughters, they had sons, and covered the earth. But they had neither souls nor minds. They did not remember their creator. They walked aimlessly on all fours. They no longer remembered the Heart of Heaven and therefore they fell out of favor. Their speech had no expression. Their hands and feet were weak. They had no moisture, no blood. Instead, they were dry and yellowing. These were the first men who lived in great numbers on the land.

The gods were angry. They destroyed the wooden figures.

First, the Heart of Heaven loosed a flood upon them. Then the gods cast a heavy resin upon them. The eagle flew down to gouge out their eyes. The vampire bat cut off their heads. The tapir came and broke and mangled their bones. This was to punish them for not remembering their creators.

Everything rose against the wooden men. Sticks, pots and pans, large and small animals. "You have eaten us, now we shall eat you," said the dogs and birds.

The grinding stone said, "We were tortured with your grinding, grinding, grinding all day long. Now it is our turn to grind you."

The dogs said, "Why did you never feed us? You chased us and hit us with sticks. Now we shall destroy you. We shall devour you."

At the same time the griddles and pans said, "Oh, what pain you have caused us! Our mouths and faces are blackened with soot. We were always put in the fire and burned. Now you shall feel it. We shall burn you." The stones of the hearth threw themselves from the fire and hit the wooden men.

The desperate men ran. They tried to climb to the top of the houses, but the houses fell down and threw them to the ground. They wanted to climb the trees, but the trees cast them away. They tried to hide in the caverns but the caverns turned them away.

Only a few escaped. It is said that the descendants of these wooden men are the monkeys who now live in the forest. Some say that is why the monkey looks like man.

Thus the gods came together again and thought about making new people who would have flesh, bones, intelligence. They hurried because they had pledged to create them before the light of day. They assembled and held council in the darkness and in the light—just before the sun, the moon, and the stars appeared over the creators and makers.

The mountain cat, the coyote, the parrot, and the crow led the gods to a beautiful land called Pazil de Cayalá, full of pleasures and abundant with fruit, honey, and yellow and white corn. The gods shucked the corn and removed the kernels, dissolving them in dew water. Tepeu and Gucumutz made nine drinks necessary to create and prolong the lives of the new humans. From these drinks came the strength and the flesh, which they used to create the muscles of man.

Then the gods formed the constitution of these humans. They ground and mixed water into the corn, and with the yellow and white dough they formed and molded the meat of the trunk, of the arms and the legs. They put weeds inside to give them strength. After the gods formed the bodies in the shape of man, they walked with their backs straight and their heads high, looking at everything with interest. They walked easily and ran with great speed. Only four men of reason were created: Balam-Quitzé, Balam-Acab, Mahucutah, and Iqui-Balam.

The gods asked them: "Do you see, do you hear? Look at the world, see the mountains and the valleys."

Right away the men showed their intelligence. They responded, "We thank you for our existence. We understand what is below the sky and what is on earth. We understand what trembles in the spirit world and what goes through the wind."

The gods asked many questions, and the men understood and answered them well. They also understood that they should praise and honor the gods. They could see far, they succeeded in knowing all that there was in the world. Their wisdom was great. Their sight reached to the forest, the rocks, the lakes, the seas, the mountains. They examined the four corners, the four points of the arch of the sky and the round face of the earth.

But the creators were still not pleased. "Our creatures see too much—the large and small. It is not well that they can see such distances and understand so much. It is not well what we have seen. We want men to adore us. We do not want gods! We must check their desires." The gods meditated on these new intelligent men. Then the Heart of Heaven, Huracán, blew mist into the men's eyes to cloud their sight as when a mirror is breathed upon. Their eyes were covered and they could see only what was close.

So the men would not be alone, the gods created women. They formed them in the same way. They put them next to the men, and when the men and women awoke and saw each other they were pleased. The men and women were filled with happiness and they became companions. The names of the women were Cahá-Paluna, who was the partner of Balam-Quitzé; Tzuniniha, the partner of Mahucutah; Chomihá, the partner of Balam-Acab; and Caquixahá, the partner of Iqui-Balam.

They had children, and their children had children, and soon they covered the earth. So it was that the people were created.

Glossary

• *tzité:* red grain resembling a bean used with grains of corn for fortunetelling. This practice of casting corn and tzité is still done among the Maya-Quiché.

De cómo se creó la gente

Cuento del pueblo maya de Guatemala

Este cuento, del Popol Vuh, viene de una tradición oral de los antiguos mayas de Guatemala. El Popol Vuh se escribió por primera vez en maya quiché. Fue traducido por el padre Francisco Ximénez, de la orden de Santo Domingo, después de la conquista española de México. Esta traducción permaneció olvidada en el convento de Santo Domingo hasta el 1830, cuando pasó a la Universidad de Guatemala. En 1854, el Dr. Carl Scherzer la encontró en un viaje a Guatemala y la publicó tres años más tarde. Luego Charles Étienne Brasseur de Bourbourg encontró el Popol Vuh y lo tradujo al francés en 1861. Fue Brasseur de Bourbourg quien le dio a la colección el título de Popol Vuh. Desde ese entonces estos imponentes cuentos de hace mucho tiempo se han traducido a varias lenguas.

En el principio, había la calma. El silencio. Todo estaba inmóvil. La bóveda del firmamento estaba intacta. No había ni el hombre, ni animales, ni pájaros, ni peces, ni árboles, ni piedras, ni cuevas, ni hierbas ni montañas, sólo el cielo y un agua inmóvil y en calma. Nada existía, aun así todo estaba tranquilo.

Los creadores Tepeu y Gucumatz se reunieron. Se sentaron sobre hermosas plumas verdes y azules, rodeados de luz. Acordaron unir sus palabras y pensamientos. Decidieron que tenía que haber algo más. Así lo acordaron en las tinieblas cerca del Corazón del Cielo Huracán. Los siguientes tres componen el Corazón del Cielo Huracán: el primero se llama Caculhá-Huracán, el segundo es Chipi-Caculhá, el tercero es Raxa-Caculhá.

Entonces Tepeu y Gucumatz hablaron: "Que el vacío se llene. Que el agua retroceda. Que la tierra aparezca y se haga firme. ¡Que así sea!

"¡Tierra!" dijeron al unísono, y al instante se creó. Crecieron las montañas, se formaron los valles, fluyeron las corrientes de agua y al aparecer altas montañas separaron el agua. Aparecieron bosques, así también como desiertos. Así fue como se formó la tierra. "Nuestra obra, nuestra creación debe completarse", exclamaron.

Entonces hicieron a los animales pequeños—los guardianes de los bosques—los venados, los pájaros, los pumas, los jaguares, las serpientes, las culebras, las víboras. Tepeu y Gucumatz le dijeron a cada uno de los animales dónde iban a vivir.

Le hablaron al venado: "Vas a dormir en los campos que hay a la orilla del río y por las cañadas. Todos ustedes andarán en cuatro patas"—y así fue. Les asignaron vivienda a los pájaros grandes y pequeños: "¡Ustedes dormirán en los árboles y las enredaderas!" Le hablaron a cada animal y le dieron a cada uno un lugar. Todos fueron a buscar sus hogares y sus nidos.

Cuando los dioses habían creado a los pájaros y a los animales de cuatro patas, les ordenaron: "Hablen con su propia voz".

Así se les dijo a todos los animales—grandes y pequeños. Así se les dijo a los venados, los pájaros, los jaguares, las serpientes.

"Hablen pues, alábennos a su madre, su padre, invoquen pues a Tepeu, Gucumatz, Caculhá Huracán, Chipi-Caculhá, Raxa-Caculhá, al Corazón del Cielo, Corazón de la Tierra, al Creador Hacedor—hablen, que su alabanza se derrame sobre nosotros, invóquennos, adórennos".

Pero los creados no sabían hablar como los hombres. Gruñían, chillaban, cacareaban y siseaban. Ninguno pudo articular palabra.

Los dioses exclamaron: "No pueden hablar y alabarnos y adorarnos. Es imposible que estas criaturas digan nuestros nombres".

Así les hablaron a sus creaciones: "Como ustedes no pueden hablar, hemos cambiado de opinión. Ustedes van a cambiar: seguirán teniendo alimento y hogar, pero habrá otros que nos adoren. Crearemos otros seres que sean obedientes". Como no pudieron hablar, los animales fueron condenados a morir y a servir de comida.

Los creadores dijeron: "Intentémoslo de nuevo. ¡Tenemos que hacer esto antes de que amanezca!" Tomaron barro amarillo, barro negro, barro blanco y barro rojo y del barro hicieron a la gente. Pero el barro se derritió. Era suave y no tenía fuerza. La gente de barro hablaba, pero no tenía ni mente ni alma. Los dioses exclamaron: "Esta gente de barro no puede alabarnos, no puede honrarnos. Vamos a terminar con ellos". Destruyeron su obra aplastando a la gente de barro.

Los dioses les llevaron palitos de madera a Ixpiyacoc, abuelo del día, y a Chiracán Xmucané, abuela del amanecer. "¿Pueden estos palitos convertirse en humanos y hablar y pensar? ¿Podrán adorarnos?" les preguntaron los dioses a los adivinos.

Se reunieron todos en un consejo. Los adivinos echaron al suelo granos de tzité y de maíz. "Tú maíz, tú tzité, júntense, háblense uno al otro. ¡Destino! ¡Criatura!" dijeron al maíz. "Digan si es bueno que los palitos se conviertan en hombres".

Invocaron al tzité: "Corazón del Cielo, ¡no castigues a Tepeu y a Gucumatz!"

El anciano y la anciana miraron el patrón que habían formado el tzité y el maíz. Sonriendo, dijeron: "Sus hombres de palo tendrán éxito. Hablarán y caminarán".

"Que así sea", dijeron los dioses y al instante las figuras fueron hombres.

Existieron y se multiplicaron. Actuaban como el hombre. Hablaban como el hombre. Las figuras de madera tuvieron hijas, tuvieron hijos y cubrieron la tierra. Pero no tenían ni alma ni mente. No se acordaban de su creador. Caminaban sin rumbo en cuatro patas. Ya no se acordaban del Corazón del Cielo y por lo tanto perdieron su favor. Su habla no tenía expresión. Sus manos y piernas eran débiles. No tenían humedad, tampoco sangre. Al contrario, eran secos y amarillentos. Estos fueron los primeros hombres que vivieron en grandes cantidades sobre la tierra.

Los dioses estaban enojados. Destruyeron las figuras de madera.

Primero, el Corazón del Cielo aflojó un diluvio sobre ellos. Entonces los dioses los cubrieron de una resina espesa. El águila voló a arrancarles los ojos. El murciélago vampiro les cortó las cabezas. El tapir fue y les quebró y despedazó los huesos. Esto fue para castigarlos por no recordar a sus creadores.

Todo se puso en contra de los hombres de madera. Los palos, las ollas y sartenes, los animales grandes y pequeños. "Ustedes se han alimentado de nosotros; ahora nosotros los comeremos a ustedes", dijeron los perros y pájaros.

La piedra de moler dijo: "Nos torturaban con su muele que muele que muele durante todo el día. Ahora es nuestro turno para molerlos a ustedes".

Los perros dijeron: "¿Por qué nunca nos daban de comer? Nos perseguían y nos golpeaban con palos. Ahora nosotros los vamos a destruir. Los vamos a devorar".

A la misma vez los sartenes y ollas dijeron: "Ay, ¡qué dolor nos han causado! Tenemos la boca y la cara ennegrecidas por el hollín. Siempre nos ponían al fuego y nos quemaban. Ahora ustedes van a sentir lo mismo. Los vamos a quemar". Las piedras del fogón salieron brincando del fuego y golpearon a los hombres de palo.

Corrían los hombres desesperados. Trataron de subir al techo de las casas, pero las casas se derrumbaron y los lanzaron al suelo. Quisieron trepar a los árboles, pero los árboles los tiraron. Trataron de esconderse en las cavernas, pero las cavernas los rechazaron.

Sólo unos pocos escaparon. Se dice que los descendientes de esos hombres de palo son los monos que ahora viven en el bosque. Algunos dicen que es por eso que el mono se parece al hombre.

Entonces los dioses se reunieron otra vez y pensaron en hacer gente nueva que tuviera carne, huesos e inteligencia. Se apresuraron porque habían jurado que los iban a crear antes que llegara la luz del día. Se reunieron y estuvieron en consejo en las tinieblas y en la luz—justo antes de que el sol, la luna y las estrellas aparecieran sobre los creadores y hacedores.

El gato montés, el coyote, la cotorra y el cuervo llevaron a los dioses a la hermosa tierra llamada Pazil de Cayalá, llena de placeres y con abundancia de frutas, miel y maíz blanco y amarillo. Los dioses desgranaron el maíz y sacaron los granos y los disolvieron en agua de rocío. Tepeu y Gucumatz prepararon nueve bebidas necesarias para crear y prolongarles la vida a los nuevos humanos. De esas bebidas vino la fuerza y la carne que usaron para crear los músculos del hombre.

Entonces los dioses les dieron forma a los hombres. Molieron el maíz y lo mezclaron con agua, y con la masa amarilla y blanca formaron y moldearon la carne del tronco, de los brazos y las piernas. Les pusieron hierbajos adentro para darles fuerza. Después que los dioses moldearon los cuerpos en forma de hombre, éstos últimos caminaron con la espalda derecha y la cabeza en alto, mirándolo todo con interés. Caminaban con facilidad y corrían a gran velocidad. Se crearon sólo cuatro hombres que tenían uso de razón: Balam-Quitzé, Balam-Acab, Mahucutah e Iqui-Balam.

Los dioses les preguntaron: "¿Ven, oyen? Miren el mundo, miren las montañas y los valles".

Enseguida los hombres mostraron su inteligencia. Respondieron: "Gracias, porque les debemos la existencia. Entendemos lo que hay bajo el cielo y lo que hay en la tierra. Entendemos lo que se estremece en el mundo de los espíritus y lo que pasa a través del viento".

Los dioses les hicieron muchas preguntas y los hombres las entendieron y contestaron todas bien. También entendían que debían alabar y honrar a los dioses. Podían ver a grandes distancias; lograron conocer todo lo que había en el mundo. Su sabiduría era grande. Su vista alcanzaba el bosque, las rocas, los lagos, los mares, las montañas. Examinaron los cuatro confines, los cuatro puntos del arco del cielo y el rostro redondo de la tierra.

Pero los creadores todavía no estaban satisfechos. "Nuestras criaturas ven demasiado—lo grande y lo pequeño. No está bien que puedan ver a tan grandes distancias y entender tanto. No es bueno lo que hemos visto. Queremos hombres que nos adoren. ¡No queremos dioses! Tenemos que detener sus deseos". Los dioses meditaron sobre los nuevos hombres inteligentes. Entonces el Corazón del Cielo, Huracán, sopló una llovizna sobre los ojos de los hombres para empañarles la vista como cuando se sopla en un espejo. Se les cubrieron los ojos y sólo pudieron ver lo que les quedaba cerca.

Para que los hombres no estuvieran solos, los dioses crearon a las mujeres. Las moldearon de la misma manera. Las pusieron al lado de los hombres, y cuando los hombres y las mujeres se despertaron y se vieron unos a otros, quedaron complacidos. Los hombres y las mujeres estaban llenos de felicidad y se hicieron compañeros. Los nombres de las mujeres eran Cahá-Paluna, que era la pareja de Balam-Quitzé; Tzuniniha, la pareja de Mahucutah; Chomihá, la pareja de Balam-Acab; y Caquixahá, la pareja de Iqui-Balam.

Tuvieron hijos y sus hijos tuvieron hijos y pronto cubrieron la tierra. Y así fue como se creó la gente.

Story Notes

The Flying Skeleton
Long before I heard this version, I was telling a story called "The Witch Wife" from San Cristóbal de la Casas, Mexico. In that story, it was the wife who transformed into a skeleton and the husband who stopped her. I like this particular version because the boys take control of the situation. Other versions include:

Chacón, José L. Pérez, ed. *Los choles de tila y su mundo* (Chiapas, México: Secretaría de Desarrollo Rural, Sub-secretaría de Asuntos Indígenas, Dir. de Fortalecimiento y Fomento a las Culturas, 1988), pp. 169-72.

López, Miguel Meneses. *Cerro de los quetzales: tradición oral chol del municipio de tumbala* (Chiapas, México: Secretaría de Desarrollo Rural, Sub-secretaría de Asuntos Indígenas, Dir. de Fortalecimiento y Fomento a las Culturas, 1986), pp. 64-66.

Paredes, Américo, ed. *Folktales of Mexico* (Chicago and London: University of Chicago Press, 1970), p. 7.

La Llorona, the Wailing Woman
This is an interesting story: it is about, among other things, racism, classism, and sexism—problems that still plague Mexico. Luisa is Indian, poor, and female; Don Carlos is Spanish, wealthy, and male. It is also among many stories that tell of mothers killing their children. I thought long and hard before including this story here; it is a very hard story, particularly for women, but it is told all over Latin America. I decided that in order to understand a culture we must hear about the negative as well as the positive. I have included a section on strong women as a way of balancing this story out. Other versions include:

Davis, Adam E. *Of the Night Wind's Telling: Legends from the Valley of Mexico* (Norman: University of Oklahoma Press, 1946), pp. 109-116.

Miller, Elaine, ed. *Mexican Folk Narrative from Los Angeles* (Austin, Texas: American Folklore Society, 1973), pp. 101-110.

Toors, Frances. *A Treasury of Mexican Folkways* (New York: Crown Publishers, 1947), p. 532.

La Madrina Muerte, Godmother Death

There are many different versions of this story. I used to tell one in which Joaquín met God on his journey; he did not let him be godfather because he was not fair to everyone. Next he met the devil; he did not let him be godfather because he was too mischievous. Then he met Godmother Death, and the story proceeded as told here. Other versions include:

Alegría, Ricardo E., ed. *The Three Wishes: A Collection of Puerto Rican Folktales*, trans. Elizabeth Culbert (New York: Harcourt, Brace & World, Inc., 1969) pp. 52-55.

Segal, Lore, ed. and trans. *The Juniper Tree and Other Tales from Grimm* (New York: Farrar, Straus & Giroux, 1973), pp. 228-35.

Thompson, Stith, ed. *One Hundred Favorite Folktales* (Bloomington, Indiana: Indiana University Press, 1918), pp. 73-76.

Toors, Frances. *A Treasury of Mexican Folkways* (New York: Crown Publishers, 1947), pp. 491-94.

The Rooster's Claw

Carmen Lizardi-Rivera, the Spanish translator, and I spent a long time discussing this title. The word *pata,* foot, did not quite work. But the alternative—*garra,* claw—was too strong, being the claw of a large animal. Even our friends, also fluent in Spanish, were puzzled. Finally we decided to go with *pata* because it seemed to be the least problematic choice. So our translation is titled *"La pata de gallo."* For another version, see:

Jacobs, W.W. *The Lady of the Barge* (London: Methuen, 1924), pp. 12-23.

The Monkey and the Crocodile

The monkey and crocodile appear as enemies in other cultures as well as that of Latin America. To see them square off in other parts of the world, see:

Arnott, Kathleen. *African Myths and Legends* (New York: Walck, 1962), pp. 135-39.

Cole, Joanna, ed. *Best Loved Folktales of the World* (Garden City, New York: Doubleday & Company, 1982), p. 593.

Ramanujan, A.K., ed. *Folktales from India* (New York: Pantheon Books, 1991), pp. 53-54.

Opossum and Coyote
Many kinds of *tlacuaches,* opossums, live in Central and South Amer-ica. Only one such marsupial ranges into North America—the com-mon opossum, also known as the Virginia opossum. There are many different names for opossum: *tlaquatzin* (Aztec), *tlacuache* and *zarigüeya* (Mexico), *och* (Mayan), *serway* (Brazil). Other stories about him appear in:

Campos, Rubén M., ed. *El folklore literario de México* (México: Talleres Gráficos de la Nación, Publicaciones de la Secretaría de Educación Pública, 1929), pp. 60-64.

Columbres, Adolfo, ed. *Relatos del mundo indígina* (México City: Secretaria de Educacion Publica, 1982), pp. 117-19.

Tepole, Miguel Angel and Castañeda, Elisa Ramirez, eds. *Cuentos Nahuas Tradición Oral Indígena* (México: Conafe, 1982), pp. 28-32.

The Alligator and the Dog
Alligator and Dog seem to be enemies no matter where they turn up. For other stories showing them at odds, see:

Bignami, Silvia. *Mitos y leyendas de América* (Buenos Aires, Argentina: Editorial Almagesto, 1992), pp. 90-92.

Bueno, Salvador, ed. *Leyendas Cubanas* (Habana, Cuba: Editorial Arte y Literatura, 1978), pp. 82-83.

Guirao, Ramón. *Cuentos y leyendas negras de Cuba* (Habana, Cuba: Habana Ediciones, 1942).

Reneaux, J.J. *Cajun Folktales* (Little Rock: August House, Inc., 1992), pp. 17-20.

Uncle Rabbit and Uncle Tiger
I originally had planned to include a different Tío Conejo story here, one I had heard from a Nicaraguan woman at a storytelling conference in Mexico. But when I researched it further, I found it was from Cuba. In order to represent Nicaragua in this collection, I chose this story, because I like its message and because it has many variants, including:

Casanova, Pablo González. *Cuentos indígenas* (México: Universidad Na-cional Autónoma de México, 1965), pp. 4-9.

"El folklore de Oaxaca, México," in *Journal of American Folklore* (Oct-Dec. 1915-1928), pp. 390-408.

Hernández, Enrique Peña. *Folklore de Nicaragua* (Masaya, Nicaragua: Edi-torial Unión Cordoza y CIA LTDA, 1968), pp. 65-66.

Palma, Milagros. *Nicaragua: Once mil vírgenes* (Bogotá, Colombia: Tercer Mundo Editores, 1988), pp. 38-41.

Blanca Flor

It is hard to find stories with strong female characters in Latin American folklore. There are lots of romantic stories where the man and woman are doomed in love; sometimes the women are strong but the endings are not very happy. This story has a strong woman *and* a happy ending. It has a definite European influence with the three spittings and the throwing of objects. I like Blanca Flor because she takes care of business!

Paredes, Américo, ed. *Folktales of Mexico* (Chicago and London: University of Chicago Press, 1970), pp. 78-88.

Rael, Juan B. *Cuentos Españoles de Colorado y Nuevo Méjico: Spanish Tales from Colorado and New Mexico* (New York: Arno Press, 1977), pp. 330-36.

Riley, Aiken, ed. *Stories from the Borderland* (Dallas: Southern Methodist University Press, 1980), pp. 68-71.

Tía Miseria

Despite the importance of the pear tree to this story, Carmen Lizardi-Rivera, the Spanish translator, informs me there are no pears in her native Puerto Rico! When I reread my primary 1926 source, however, the story had a pear tree. After much debate, we decided to let the anomaly stand, so a pear tree *(árbol de pera)* it is.

de Arrellano, Rafael Ramírez, ed. *Folklore Puertorriqueño: cuentos y adivinanzas* (Madrid, Spain: Junta para de estudios e investigaciones científicas—Centro de Estudios Históricos, 1926), pp. 146-47.

Lowe, Patricia. *The Little Horse of Seven Colors and Other Portuguese Folk Tales* (New York: World Publishing Co., 1970), pp. 64-66.

Sharp, Dorothy Carter. *Greedy Mariana and Other Folktales of the Antilles* (New York: Atheneum, 1974), pp. 9-13.

Thoby-Marcelin, Philippe. *The Singing Turtle and Other Tales from Haiti* (New York: Farrar, Straus & Giroux, 1971), pp. 21-29.

The Virgin of Guadalupe

Gugliotta, Bobette. *The Consecrated and the Commoners, 1519-1900* (Encino, California: Floricanto, 1989), pp. 53-55.

Johnston, Francis. *The Wonder of Guadalupe: The Story of the Miraculous Image of the Blessed Virgin in Mexico* (Manila: Sinag-tala Publishers, 1981), pp. 25-45.

O'Neil, Josephine M. *Our Lady and the Aztec* (Paterson, New Jersey: Saint Anthony Guild Press, 1945), pp. 7-72.

Parish, Helen Rand. *Our Lady of Guadalupe* (New York: Viking Press, 1955), pp. 9-48.

Celina and El Sombrerón

I called a friend of mine to get the number of Carmelita, the Mexican woman who was the source of this story. My friend was planning a trip to Yajalone, Chiapas, for December and invited me along. I decided at that moment to cross off a few weeks in December and January and go back to visit. When I called Carmelita and asked her to retell me the story, she asked, "When are you coming back?" When I told her, she said, "Good, I will get all the storytellers together. Bring your tape recorder." So I am off on another adventure!

Gálvez, Francisco Barnoya. *Cuentos y leyendas de Guatemala* (Guatemala: Editorial Pierda Santa, 1974), pp. 11-15.

Lara, Celso A. *Leyendas y casos de la tradicional oral de la ciudad de Guatemala* (Guatemala: Centroamérica Editorial Universitaria Ediciones Problemas y Documentos, 1973), pp. 40-46, 60-65.

Uribe, Verónica, ed. *Cuentos de Espantos y Aparecidos* (Brazil: Coedición Latinoamericana, 1984), pp. 11-16.

The Hungry Goddess

Krickeberg, Walter. *Mitos y leyendas de los aztecas, incas, mayas y musicas* (México: Fondo de Cultura Económica, 1928), p. 22.

Nicholson, Irene. *Library of the World's Myths and Legends: Mexican and Central American Mythology* (New York: Peter Bedrick Books, 1983), pp. 26-27.

de Sahagún, Bernardino. *El códice florentino*, vol. II (México: El Govierno de la República México, 1579). pp. 2-3.

When the World Was Dark

Barlow, Genevieve and William N. Stivers. *Leyendas Mexicanas: a Collection of Mexican Legends* (Skokie, Illinois: National Textbook Company, 1989), p. 3.

Campos, M. Rubén, ed. *El folklore literario de México* (México: Talleres Gráficos de la Nación, Publicaciones de la Secretía de Educación Pública, 1929), p. 27.

de Sahagún, Bernardino. *El códice florentino*, vol. II (Mexico: El Govierno de la República México, 1579). p. 7.

Waters, Frank. *Mexico Mystique: The Coming Sixth World of Consciousness* (Chicago: The Swallow Press, Inc., 1975), p. 117-19.

How People Came to Be

Fox, Hugh, ed. *First Fire: Central and South American Indian Poetry* (Garden City, New York: Anchor Books, 1978), pp. 46-51.

Gómez, Ermilo Abreau. *Popol Vuh: Antiguas leyendas del Quiché* (Oaxaca, Mexico: Ediciones Oasis, S.A., 1965), pp. 19-38.

Recinos, Adrián. *Popol Vuh: las antiguas historias del Quiché* (México: Fondo de Cultura Económica, 1947), pp. 23-48, 103-107.

Other Books and Audiobooks from August House

Telling Your Own Stories
Donald Davis
Paperback / ISBN 0-87483-235-7

The Storytelling Coach
*Principles for giving and receiving good help
wherever communication occurs*
Doug Lipman
Hardback / ISBN 0-87483-435-X
Paperback / ISBN 0-87483-434-1

Healers on the Mountain
Native American stories with the power to heal
Teresa Pijoan
Paperback / ISBN 0-935305-269-1

Wisdom Tales
Fifty gems of wisdom from world folklore
Heather Forest
Hardback / ISBN 0-87483-478-3
Paperback / ISBN 0-87483-479-1

The Storyteller's Guide
Written and Edited by Bill Mooney and David Holt
Paperback / ISBN 0-87483-482-1

Joseph the Tailor and Other Jewish Tales
Wisdom and wit of traditional Jewish and Biblical stories
Syd Lieberman
Audiobook / ISBN 0-87483-426-0

August House Publishers P.O. Box 3223 Little Rock, AR 72203

800-284-8784

PHOTO BY RAY HUNOLD

In performance, **Olga Loya**'s Latin American tales skip seamlessly back and forth between English and Spanish. She has performed in schools, museums, universities, and festivals throughout the United States and Mexico. A recipient of a California Arts Council grant, she lives in San Jose.